U0028986
推理要在殺人後
kill you♡
2
作者 小鹿
繪者 迷子燒

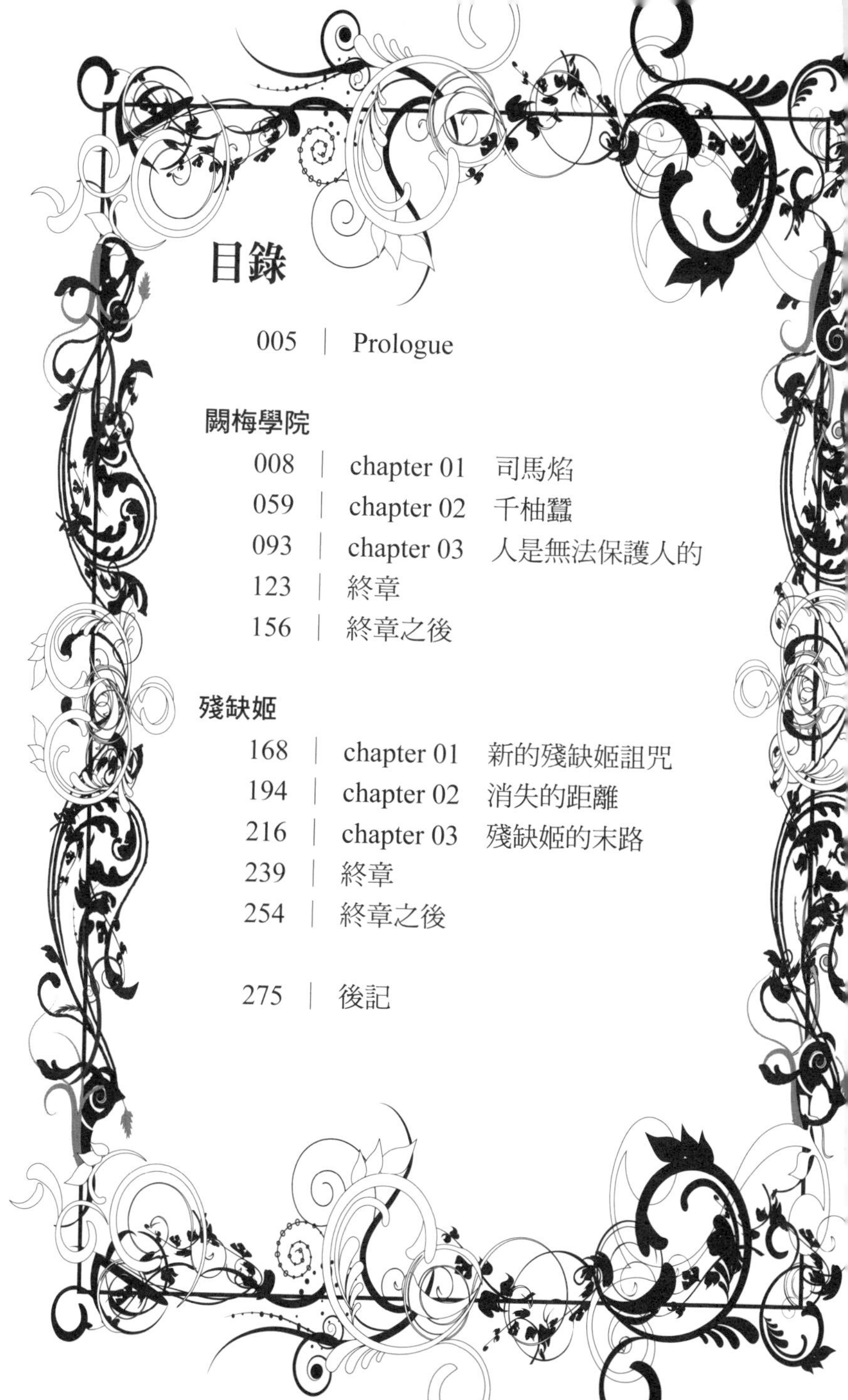

目錄

005 | Prologue

闕梅學院

008 | chapter 01 司馬焰
059 | chapter 02 千柚蠶
093 | chapter 03 人是無法保護人的
123 | 終章
156 | 終章之後

殘缺姬

168 | chapter 01 新的殘缺姬詛咒
194 | chapter 02 消失的距離
216 | chapter 03 殘缺姬的末路
239 | 終章
254 | 終章之後

275 | 後記

Prologue

十年前的某個雨夜中，闕梅學院的校舍發生了一場大火。

猛裂的大火，就像是要把一切都燒盡。

「啊哈哈哈哈哈哈哈——————！」

一陣癲狂的笑聲從火中響了起來。

「從今天起，妳就是『殘缺姬』了。」

要是有人在此時聽到這詛咒般的話，或許那悲慘的結局就能稍稍改寫了吧。

但是，誰都沒聽到，也誰都沒看到。

就像被世界遺棄，沒有任何一個人幫助他們。

「去尋找犧牲者吧！去尋求『祭品』吧！」

兩行血淚，從詛咒者眼中流了出來。

「將他們從妳身上奪走的部分，依照順序一個一個搶回來！」

他一邊這麼說，一邊用血寫下了不管是誰看到都會發毛的文字。

首日奪手。

次日削足。

三獻其身。

抱著「殘缺姬」，那人以篤定至極的語氣說道：

「只要這麼做了，那妳必將死而復生！」

關梅學院

chapter 01

司馬焰

「莫向陽，我要怎麼做才能和你的關係更進一步？」

「……………………………」

某天，在「歿」的宅邸中，陌羽朝我丟出了直球。

這道直球漂亮地打中我的心窩，讓我一句話都說不出來。

「那個……為何突然問我這個問題？」

總之，我先用反問拖延時間，爭取一點思考的空間。

「在平樂園的事件後，我終於明白不能再這樣下去。」

陌羽用純真又直率的眼神看著我說道：

「總是遠離你不能解決問題，我還是會一直傷害你。」

「嗯，我很開心妳能這麼想。」

「既然不能遠離，那就只能接近了吧？」

陌羽以幾乎看不到的幅度皺了皺眉頭說道：

「但是，這十多年來我都沒有靠近過任何人，雖然我努力思考了許久……但我根本不知道與人相處的方法。」

「這也是當然的。」

因為家族特性的關係，陌羽的「可愛侵略性」特別嚴重。

只要喜愛上了，就會產生不可控制的殺人衝動。

對陌家的女性來說，殺意和愛意某種程度上是連結在一起的。

所以一直以來，陌羽都是離群索居、孤單一人。

「既然獨自煩惱想不出答案，那就尋求幫助吧──這麼想的我，決定直接來問你。」

陌羽仰著頭，以惹人憐愛的神情問道：

「我要怎麼做，才能和你更靠近點呢？」

「……………………」

我手按著額頭，腦袋一片混亂。

就算爭取了空間和時間，直球還是直球，並不會變成變化球。

我對陌羽抱持的感情非常複雜，就連我自己都沒搞清楚。

但就算再不清楚，還是有一件事是肯定的──

那就是我對她抱持著好感。

那麼，當抱持好感的對象問說要怎麼更靠近你時，我究竟該怎麼回答呢？

「首先，陌羽，更進一步的關係有很多種。」

我決定先打出一張安全牌試探一下。

「妳必須先思考，妳想要的目標關係是什麼？是『朋友』還是『家人』？抑或是戀、戀、戀戀戀人——」

過於緊張的我咬到舌頭了。

「戀戀戀人？」

陌羽微微歪著頭，似乎是沒聽懂。

「『戀人』。」

我擺出若無其事的樣子再說一次。

「『朋友』、『家人』、『戀人』，妳要的是哪種關係呢？」

很好，很自然。

這樣或許又能爭取到一點思考的時間——

「莫向陽希望我跟你成為怎樣的關係呢？」

「…………」

——妳除了直球沒有別的球種嗎！

現在這時代，只有直球是混不下去的啊！

「坦白說，不管是怎樣的關係，對我來說都是陌生領域——是未接觸過的世界，但只要莫向陽說出希望的關係……」

陌羽握著小小的拳頭，認真地說道：

「我就會努力朝著那個關係努力的。」

裁判！這直球觸身了啊！而且是直擊面部的好球啊！

看著陌羽那大大的眼睛，我感到頭暈目眩。

不對，仔細想想，這不是觸身球，而是正中好球吧！

這麼甜的直球，到底要不要揮棒呢？

我作夢都沒想到，我會在豪宅的室內體會到棒球打者的天人交戰。

若是打成界外怎麼辦？若是被三振怎麼辦？若是打成滾地球被雙殺怎麼辦？

不對，說到底——

到底哪個選項會通往哪個結局啊？

「莫向陽？」

陌羽疑惑我為何突然沒反應了。

看來雖然我主觀上只有一瞬間，但其實已不自覺耗費了大量時間。

「陌羽……」

我按住陌羽的雙肩，完全不知道我內心有多麼激動的她微微歪著頭，露出狐疑的表情。

我感到體溫迅速上升，就連舌頭都彷彿被這熱度融化而失去靈活。

女生都主動開口了，就算有因為被愛上而殺掉的風險，身為男人也得正面接下。

莫向陽，現在就是展現你男子氣概的時候！

「我……」

奮力一揮吧！你一定可以打出全壘打的！

「我希望的關係是——」

「向陽少爺，司馬封警官來訪。」

一個女僕突然到來，打斷了我的揮棒。

我的內心響起了比賽結束的哨音。

這種感覺，就像觀眾突然闖入賽場，將陌羽投出的直球沒收了！

「請問兩位主人。」

女僕跪在地上，恭敬地問道：

「現在要請司馬封警官進來嗎？」

「在叫他進來前……」

我以燦爛的微笑說道：

「先叫他去死一下。」

❖ ❖ ❖

「真不愧是殺人偵探所住的地方。」

照例穿著黑色風衣的司馬封，一邊抽著菸一邊說道：

「連待客都這麼有禮，竟叫客人進來前先去死一下。」

特殊命案科的精英警官坐在我對面的沙發上，語帶諷刺。

「誰叫你這麼不尊重棒球比賽！」

我憤憤不平地說道：

「道歉啊！給我跟全世界的棒球選手道歉啊！」

「……殺人偵探。」

司馬封一臉困擾地問著坐在我身旁的陌羽：

「妳的搭檔腦袋還好嗎？怎麼說出來的話完全沒有邏輯可言。」

「嗯……司馬警官也這麼覺得嗎？」

陌羽微微歪著頭道：

「最近我在跟莫向陽說話時，也常常聽不懂他在說什麼。」

「喔喔……」

司馬封揮舞香菸，以別具深意的眼神看著我道：

「原來如此……是這麼回事啊。」

「當然不是這麼回事。」

我忍不住出言否認！

「我可什麼都還沒說啊。」

「心中也不准說！就連念頭都不准轉過去！」

「你是吵架中的女友嗎……真是麻煩死了。」

司馬封揮了揮香菸，一臉不耐地說道：

「我是不太想管年輕人的事啦，但你這鬆散無比的狀態，能把工作辦好嗎？」

「工作？」

「特殊命案科這邊有一件案件，想要委託你們殺人偵探處理。」

「等一下，什麼時候我和陌羽變成你們特殊命案科的部下啦。」

還對剛剛的事餘恨在心的我，往外擺了擺手說道：

「這案子我們沒興趣。」

「在討論要不要接案前，好歹先聽完案件說明吧？」

「不用聽就知道沒興趣。」

我這麼堅決拒絕是有理由的。

特殊命案科是不屬於任何政府體系、獨立運作的警察機關。

他們負責的案件每件都棘手異常，接觸的犯人也都非同小可。

而更危險的是他們的辦案理念。

——只要能破案，不管做什麼都能被原諒。

為了讓案情有所進展，他們有時甚至會無視法律，不擇手段。

若是哪天突然出賣我也是有可能的。

雖然上次在破案後有付給我們一筆驚人的報酬，但與特殊命案科合作，就意味著風險遠多於好處。

不管是犯人、事件、夥伴，都是危險度滿點。

仔細想想就知道，根本沒有跟他們合作的理由吧？

「之前會幫你是為了還你人情，但現在我們已經兩不相欠。」

我翹起腳，擺出高姿態說道：

「不管從哪個角度思考，我和陌羽都不用理會你——」

「這次案件的發生地點是一間『名門貴族女校』。」

「——願聞其詳。」

我收起翹起的腳，身體前傾說道：

「身為殺人偵探的助手，不管是多詭譎的事件，我都毫不畏懼、勇往直前！」

「…………………………」

陌羽默默地調整坐姿，朝遠離我的方向移動。

奇怪？為何此時我腦中會再度響起比賽結束的哨音？

「這次事件發生的地點在『闕梅學院』，是一所位於山中的貴族女校，不少有錢人將他們的女兒送至這裡就讀。」

「也就是說學校中滿滿的都是可愛的千金大小姐是嗎？」

我連連點頭。

「竟然有犯人敢在裡頭犯罪，簡直令人髮指！所以我們什麼時候要過去？明天？今天？還是乾脆現在就啟程？」

「……你怎麼突然變得如此積極？」

「我只是看到他人有難，就無法置之不理而已，我自己也很煩惱我的善良如此過剩。」

「所以這項委託——」

「當然接啊，就算求你我也要接。」

深怕這難得機會跑掉的我，趕緊頂了一下身旁陌羽的手肘說道：

「喂，陌羽，這也是為了妳啊，妳也快低頭懇求一下司馬封。」

「……………」

我身旁的陌羽看我的眼神就像看垃圾一樣。

不知為何，她又朝遠離我的方向挪了挪身子。

「坦白說，我開始猶豫是不是真的要將這案件交給你們了。」

司馬封皺著眉說道：

「總有種為了解決老虎所以委託豺狼的感覺。」

「別擔心啦，我不知道在你眼中我是怎樣的存在，但最適合我的名詞——」

我將目光放遠，裝作莊嚴的模樣說道：

「我想應該是『正義』兩字。」

「……………………」

司馬封手上的菸熄了，就跟他的眼神一樣。

陌羽則是將身子移到沙發的邊緣處，感覺再半公分就要掉下去的位置。

既然這麼想遠離我，妳要不要乾脆坐到對面去？

這有些難堪的氣氛持續了一段時間後，司馬封重新點起一根菸。

「那麼，在委託前，我想先給你們看一樣東西。」

司馬封從隨身的黑色公事包中拿出了一套以深藍色為基底的高中制服。

這是一套樸實簡單的水手服，沒有過多的裝飾和華麗的繡線，但從布料的光澤和樣式的設計來看，一眼就能感覺到它的高貴。

「這個是『闕梅學院』的制服。」

「你、你……」

我以顫抖的手指指向司馬封，他有些不解的問道：

「怎麼了嗎？」

「沒想到你有這等驚人的癖好，竟然隨身攜帶女高中生的制服……」

「………」

司馬封手上的菸又熄了。

過了一會兒後，他再度點起菸說道：

「請不要誤會好嗎？這制服不是我特地去買的——

「——這是我妹妹的制服。」

——驚懼的陌羽迅速坐回我身邊，緊挨著我。

「喂，警察局嗎？我要報案！我們家現在出現了一個可怕的警官……什麼？怎麼不跟眼前的警官報案就好？你說得對——」

腦中一片混亂的我擋在陌羽面前說道：

「司馬封，快逮捕這個收藏妹妹制服的變態警官啊！」

「你們都給我冷靜點！」

——砰！

司馬封掏出槍來，朝沙發開了一槍。

「你才該冷靜點吧！就說了別隨便在人家家裡開槍啊！」

「你們到底在想什麼？我是因為辦案需求所以才跟妹妹商借這套制服的，司馬焰可是我的親妹妹啊，不會出什麼事的。」

「親兄妹……」

我露出看到世界末日的表情說道：

「這不是這世上最容易出問題的關係之一嗎？」

「……你的認知才是哪裡出了問題吧。」

「司馬封，之前我看過一篇針對親兄妹設計的調查，問卷的內容是『你是否將哥哥（妹妹）視為戀愛對象？』，結果你猜結果怎麼樣？」

「我比較想知道的是你為何會去看這種調查報告。」

「調查結果非常驚人——竟有九成的人表示『無法和哥哥或是妹妹交往』。」

「哪裡驚人了？這不是很正常嗎？」

「不不不，這結果的深意，難道你沒看出來嗎？」

我雙手支在下巴處，嚴肅地說道：

「有九成的兄妹在說謊啊。」

「…………………………」

司馬封露出「這傢伙沒救了」的表情。

陌羽則又移動位置到沙發的邊緣處。

這傢伙的好感度真的很難平衡。

「所以綜上所述，司馬封你說謊的可能性是很高的。」

「我已經懶得跟你那偏頗至極的觀點辯論了……我事先聲明，這制服不是我要穿的。」

司馬封用菸指著我說道：

「而是殺人偵探要穿的。」

「也就是說……」

我按著額頭說道：

「你希望別的女人穿著你妹妹的制服……？」

這是什麼超越人類的變態性癖？

「你到底要在妹妹的話題上糾結多久……該認真點了吧。」

看著司馬封傷腦筋的神情，我露出微笑。

我承認我剛剛的裝瘋賣傻有一部分是故意的，目的是為了讓陌羽討厭我。

坦白說，冷靜下來後，我才驚覺陌羽剛剛的舉動對我來說有多麼危險。

要是我因為一時衝動，接受她的靠近，那或許馬上就會被她增長的愛意殺害。

我們的關係，現在還不能改變。

不管是朋友、家人和戀人，對毫無準備的我們來說都太早。

此時，一道模糊的白影突然出現在陌羽身邊……

——**那是染著血的陌雪。**

「……………」

我呆呆地看著什麼都不知道的陌羽，陷入了沉默。

十年前，陌雪就是被殺人衝動吞噬，才導致了無可挽回的悲劇。

就像被吸進去一般，我眼前的染血陌雪逐漸和陌羽重合在一塊，消失無蹤。

我緩緩閉上眼。

陌雪或許是想警告我。

要是輕率的改變關係，我和陌羽就會馬上被陌家那龐大的殺人衝動吞噬。

「真是的……」

此時我才意識到，我的背因為驚懼而被冷汗浸溼。

差點就要做出無可挽回的舉動，讓現在的關係和生活澈底崩解。

我必須慎重。

只要是有關陌羽感情的事，我的每一步都得謹慎——

「這次你們到闕梅學院，必須非常小心。」

司馬封的話很巧地接上我的心聲，讓我從思緒中回過神來。

「你不跟我們過去嗎？」

「或許會，也或許不會。」

不知為何，司馬封用一種曖昧的態度回答我。

「但你們別擔心，我已經安排好人手了，你們一到『闕梅學院』，就會有人接待你們的。」

「我明白了。」

「靠著你們的『殺人模擬』，沒有解決不了的案件，但我還是提醒你們，務必打起精神應付此次的事件。」

在漫漫煙霧中，司馬封皺了皺眉頭說道：

「這次的謎團非同小可，持續了整整十年。」

「十年……？」

「若只是布置了十年，那也就罷了。」

司馬封捻熄香菸，說出讓我倒抽一口氣的話：

「這十年中，『盲』似乎都有介入其中。」

「『盲』……？」

我的腦中浮現上次和他交手時的情景。

——**我化身盲點、成為盲點，我是最擅長說謊的凶手。**

一股惡寒罩住了我，這股寒意似乎比剛剛陌雪帶給我的還要巨大。

「明白我的意思了嗎？」

看著我和陌羽，司馬封以再嚴肅不過的表情說道：

「本次在『闕梅學院』的謎團——

「是一個由『盲』設計，必須花費十年才能成立的大謎團。」

❖ ❖ ❖

——盲。

真身不明、性別不明，總是不以真面目現身。

他有著許多奇怪的規則和傳聞。

「天才外科醫生」、「救十人殺一人」、「心理盲點的專家」。

盲不親自殺人，相反地，他為他人擬定計畫，誘使他人殺人。

而最重要的是——

他似乎和初代殺人偵探認識。

「真沒想到……這麼快又遇到他了。」

握著方向盤的我一邊開車，一邊這麼喃喃自語。

「上次在『平樂園』中欠他的人情，這次一定要好好還他。」

若是有機會的話，我也想問他和陌雪的關係。

「通往『闕梅學院』的路是怎麼回事……也太狹小了吧。」

我越是往前越是心感不妙。

這所貴族女子學院在山上，通往學院的山路只有一條而且非常險惡，要是一個不注意，感覺車子就會開出山道，落下懸崖。

要是這條路因為落石之類的封閉，這所學院的人不就完了嗎？

「莫向陽。」

照慣例坐在副駕駛座的陌羽，向我問道：

「你很在意『盲』嗎？」

「是啊，很在意。」

上次和他見面只有短短一瞬間，但是我總有種奇怪的感覺。

──他似乎是我認識的人。

總覺得在哪兒看過他，跟他有著不小的因緣。

「不過，要找出『盲』來，似乎要費一番功夫，畢竟他很擅長變裝。」

上次才化妝成司馬封，把我和陌羽耍得團團轉。

這次為了不重蹈覆轍，我可是把進行委託的司馬封好好檢查了一下，確認他是本人。

「在莫向陽的想像中，『盲』是怎樣的人呢？」

「喔……真難得啊。」

我有些訝異地看著身旁的陌羽說道：

「陌羽竟然會對其他人的事有興趣。」

「坦白說……我也不知道是怎麼回事。」

陌羽輕皺著細細的眉毛說道：

「雖然有些害怕見到他，但是……若是讓我選的話，我會想再見他一面。」

看著遠方，陌羽淡淡地說道：

「我想跟他聊一下。」

我斜眼看向陌羽，心中也跟她一樣五味雜陳。

某方面來說，「盲」和陌羽是相反的存在。

陌羽總是親力親為——盲則躲在他人身後。

陌羽不分析他人——盲將分析人類視為樂趣。

陌羽總是殺人——盲總是堅持不殺人。

仔細想想，他們被彼此吸引也是當然的。

這就像是磁石的N極和S極般，會不由自主向相反的對方靠近。

或許，陌羽在意盲，還有一個原因。

就算真的靠近他了，盲也不會輕易被陌羽殺掉。

她知道她不用害怕會奪走盲的性命，可以毫不畏懼地接近他。

「……總覺得有點不爽。」

一念及此，心中就有些煩悶。

「嗯？莫向陽你怎麼了。」

聽到我突然抱怨，陌羽轉過頭來問道。

「陌羽，我剛試著想了一下『盲』的樣子。」

「嗯。」

我裝作若無其事地說道：

「既然是外科醫生，那就表示他有想要修整人類肉體的慾望，既然抱持著這樣的想法，那就表示他本人——

「應該是個『長相奇醜無比的男子』。」

「咦……？為何？」

「因為整型跟修改肉體是一樣概念。」

「外科醫生跟美容醫生是不同的東西吧？」

「根據還不只如此，他不是會變裝成任何人嗎？這完全證明了他就是因為太醜，才想成為別的存在。」

「是這樣嗎……」

「若是外表醜就算了，他那扭曲的心理，一定會體現在他的臉上，使他整個人流露出噁心的氣質。」

「……莫向陽。」

陌羽用古怪的眼神看著我。

「你還好嗎？」

「嗯？我很好啊。」

「那你怎麼突然說起『盲』的壞話來了？這不像你啊。」

「…………」

「嗯……是因為過於害怕他嗎？好像不是。還是因為討厭他，但看起來也不像……」

陌羽一邊打量我的臉，一邊沉思。

這是她之前絕對不會做的行為和舉動。

被看得有些心慌的我險些把車子開出山道外。

陌羽是個一旦決定目標後，就會貫徹始終的女孩子。

為了不喜愛上任何事物，她甚至能做到關在房間中，獨自一人看著不喜歡的書，就這樣度過十年時光。

現在的她決定跟我拉近距離，於是她開始會分析我的思考和行動。

一方面我很開心她這麼做……但一方面，我也有些緊張。

要是被她發現我對她的好感，要是被她發現我其實謊話連篇……

那我們兩個的關係，究竟會變成怎樣呢？

「到了。」

就像是要逃離她的目光，我趕緊指向前方。

「這次的目的地，『闕梅學院』到了。」

❖　❖　❖

圓穹頂、彩繪玻璃、大型圓柱、白色大理石，修剪整齊的綠色草皮和花園。

帶有中世紀建築感的歐式建築——這是我對這所學院的第一印象。

但闕梅學院並不能歸於希臘式、歌德式或是拜占庭式之類的建築分類中，因為感覺它每個特色都混合了一些。

不管是學校的校舍還是學生住的宿舍，都有教堂或是城堡的感覺。

這所學校之所以在有錢人間有名，除了它如此漂亮的建築外，嚴格且有品味的管理也是一個很重要的因素。

每個從我面前走過的女學生都帶著非凡的氣質，一看就知道有著良好的教養。

「嗯……」

我手拄著下巴，點頭說道：

「真是大飽眼福啊，每個都是青春活潑的大家閨秀，哇……那女同學的腿真是不得了。」

我故意說出這樣的話，想要稍微降低陌羽對我的好感度，豈料——

「莫向陽，你是說哪個女孩子？」

陌羽看著我，狐疑地說道：

「你的目光沒有聚焦在哪個人身上啊？」

「……………」

沒想到她會質疑的我先是沉默一會兒後，接著隨便指向一個女學生說道：

「就是那個人啊。」

「咦？她不是穿著黑絲襪嗎？莫向陽是怎麼看出來的？」

「呃……那個……」

「還是說，莫向陽就喜歡那種的？」

「嗚……」

我感到臉上熱了起來。

——夠了！

我在心中大聲吶喊！

不要這麼認真地分析我啊！

撇開我會不會被看穿這件事，被這麼認真地分析，意外的很丟人啊！

我本來以為我不可能更丟臉了，沒想到此時陌羽做出了一個出乎我意料的舉動——

「嗯……」

她低下頭，開始打量自己穿著的黑絲襪。

「原來如此……」

原來如此什麼——！

不要默默地在心中輸入「莫向陽是個黑絲襪控」的情報好嗎？

沐浴在陌羽專注的視線中，我感到有些頭暈目眩。

以前我和陌羽在一起時，主導權是掌控在我這邊，但陌羽的改變，讓我有種被殺個措手不及的感覺。

「請問是莫向陽先生和陌羽小姐嗎？」

此時，一個充滿活力的聲音從我們身後響了起來。

「——是，我們是！」

我第一時間答話。

不管是誰，總之非常感謝妳願意在此時打斷我和陌羽的對談。

但當我轉過身去看到來者是誰時，我興奮的情緒馬上冷卻下來，愣在當場。

「兩位想必就是殺人偵探和她的助手吧，你們的事我都聽哥哥說了，今天就交給我吧。」

熟悉的臺詞、熟悉的身影。

彷彿時光倒流，一個有著及腰長馬尾的女孩子站在我面前。

她的身高只比我稍稍矮一些，瘦高的身材就像模特兒一般玲瓏有致。

別的女學生都穿著「闕梅學院」的制服，但是這女孩顯眼地穿著整套時尚無比的便服。

她戴著倒十字架的項鍊和銀製手鍊，左手腕上戴著皮製手環，白色外套上別著月亮和太陽的金屬飾品。

衣服上半身是黑白相間的T恤，下半身則是以紅色做為基底的黑色格子短裙。

一雙雪白修長的腿從迷你裙中伸了出來，洋溢著耀眼的活力，讓人忍不住多看幾眼。

「妳是……」

震驚過度的我就像被釣上岸的魚，嘴巴在一開一闔後，好不容易才吐出眼前之人的名字。

「妳是……司馬焰嗎？」

「是啊，莫先生，不過我們不是第一次見面嗎？怎麼一副被嚇壞的表情？」

因為，這不是第一次見面啊。

早在「平樂園」時，我就見過妳了。

雖然那時的妳，是由「盲」假扮的。

但我沒想到的是，「盲」所假扮的妳，竟跟真正的司馬焰長得一模一樣。

「再次介紹，我是司馬封的妹妹——司馬焰。今年十六歲，就讀『闕梅學院』高中一年級。」

以如火般的雙眼看著我，司馬焰吐出了我曾聽過一次的臺詞：

「叫我小焰就好。」

❖　❖　❖

「『闕梅學院』建校至今五十年，是國高中一貫的學校，裡頭分成國中部和高中部。」

司馬焰帶著我和陌羽在校內參觀，她腳下的靴子踩在潔白的大理石地板上，發出了「喀、喀」的聲響。

「校內共有一千名學生，採全時住宿，若非必要因素或是寒暑假，是不會放學生出校的。」

雖然司馬焰很熱情的介紹，但我其實很難專心聽。

看著走在我面前的她，我心中充滿了不協調音。

其實仔細看，會發現「平樂園」的司馬焰跟「闕梅學院」的司馬焰雖然長相一樣，但還是有許多微妙的地方不同。

眼前的司馬焰打扮非常入時，像是個會追求流行的辣妹。

比起平樂園的司馬焰，現在的司馬焰給人的印象更加強烈。

就像是一把火，她毫不留情地將周遭的空間吞噬、燒毀。

我之所以會這麼形容是有根據的。

在參觀的途中，我們會碰到其他學生。

有的人很熱情地跟司馬焰打招呼，有的卻會像是避之唯恐不及地跑掉。

不管是哪種人，她們的反應都很極端。

打招呼的人會配上深深的鞠躬。

逃跑的人則會轉過身去，盡全力地遠離司馬焰。

這些反常的舉動，讓我不禁開始好奇，司馬焰究竟對她們做過什麼。

「司馬焰……」

我開口叫了一下前面的她。

「我不是說過了嗎？叫我小焰就好。」

她回過頭，對我露出大方的笑容說道：

「不過相對的，也請讓我叫你們莫大哥和陌姐吧？」

若是旁人說出這樣的話，會覺得很唐突。

但是司馬焰的態度和言詞非常自然，不但不會讓你覺得不快，反而會讓你有種這樣比較好的錯覺。

「那我就不客氣了，小焰，我想問妳一個問題——」

為了試探她，我突如其來地拋出核心問題：

「妳聽過『盲』這個人嗎？」

問完問題後，我仔細打量她這個人，不放過她任何一絲細微反應。

「『盲』是嗎……不久前才聽哥哥說過。」

她抱著雙臂沉思一會兒後，握拳敲著手掌說道：

「他是個天才犯罪家，也是你們本次的目標？」

「嗯……」

若是全盤否認或是回答太快，我都會起疑心。

但司馬焰回答的態度很坦然，就像是一般人會有的反應。

「聽說『盲』大約三十歲，是個擅長油畫和雕刻的藝術家。」

我故意吐出錯誤情報，進一步試探。

「欸～～是這樣嗎？我不太清楚呢。」

司馬焰露骨地露出了不感興趣的態度。

到頭來，我還是搞不清楚她究竟是不是「盲」所假扮的。

「不……」

一個驚人的可能性從我腦中冒了出來。

沒有什麼假扮不假扮的問題。

——司馬焰本人就是「盲」。

出乎意料的，這兩人其實是同一人——

「……說不定讓我這麼想，才是『盲』的目的。」

趁著我被司馬焰引走注意力，他就可以伺機在暗中活動。

真相的反面是真相？還是反面的反面才是真相？

我終於明白為何在「平樂園」時，他要假扮成司馬焰的模樣。

他是在為本次的事件鋪路。

看著大步往前走的司馬焰，我的思考一片混亂。

我完全掉入了「盲」的陷阱中。

「總之，粗略的介紹大概就到這個地方吧。」

參訪完後，司馬焰帶我和陌羽到花園的長椅上稍事休息。

可能外來的人士很少見吧，我們受到不少學生的注目，但一看到我們身旁的司馬焰，大家都會馬上移開視線。

「來，我請客，冰冰涼涼的飲料喔。」

司馬焰將冰到透頂的飲料拋給我和陌羽後，坐到了我們身邊。

「嘶——」

陌羽喝飲料的方式就像小動物，她雙手捧著飲料罐，小口小口的喝著。

「噗哈！」

司馬焰則完全相反，她豪爽地一口灌了下去，發出了爽快的聲音。

「小焰。」

「什麼事？」

「這裡是可以穿便服上課的學校嗎？」

我指著她身上的衣服，她則笑著搖了搖手。

「怎麼可能！這裡的校規出了名的嚴格，在校園中，除了制服外不能穿別的衣服。」

「但妳身上的衣服……」

「喔喔──這個要解釋一下，不是我特別叛逆，故意穿得不同，標新立異。」

司馬焰背靠到長椅上，以毫不在意的態度說道：

「之前有個學姐總是找我麻煩，我在揍了她一頓後，一不小心把自己的制服弄壞了。」

「……………」

這聽起來很叛逆。

「本來我就只有兩套制服，一套借給哥哥、一套弄壞了，所以老師特別恩准我穿便服。」

「怎麼不再去買一套？」

「別看『闕梅學院』的制服好像設計得很簡約，它的價錢可是高達五位數啊！不少校外人士都出了嚇死人的高價要購買，而且神奇的是，二手貨的價錢是新貨的兩倍。」

「我剛剛是不是聽到了什麼不得了的事……」

「我也不想知道這種事啊。」

司馬焰揮了揮手說道：

「之前有一個學妹被欺負，我就把所有欺負她的人的制服全數偷來賣了，一不小心知道這種情報，我也很無奈。」

司馬焰說起這段往事時，表情完全沒有愧疚感。

我算是大概知道她是怎樣的人了。

她是個心智非常堅定的人，深信自己所做的一切是對的，並且毫不猶豫地向前行。

這種自我風格強烈的人，就算撞到他人也不會道歉，只會在心中納悶，為何對方要擋在自己前行的道路上。

「對了，莫大哥跟陌姐跟我的哥哥司馬封很熟吧？」

司馬焰轉過頭來，露出期待聽到答案的笑容道：

「他現在過得怎麼樣呢？」

看著司馬焰關心的臉龐，我的心中微微起了一點殺意。

那種冷冰冰的大叔有這種美少女妹妹是怎麼回事？根本是暴殄天物吧？

不過雖然心中是這麼想的，但我表面上還是客氣地說道：

「嗯……我們跟他不算很熟，但看起來他應該過得不錯吧？」

「是這樣嗎？」

「是啊。」

「真是可惜……」

司馬焰深深嘆了口氣說道：

「我本來還期待他有缺手斷腳之類的呢。」

「……咦？」

司馬焰突如其來的話，讓我和陌羽同時驚愕。

「莫大哥和陌姐，你們是不是誤會了什麼呢？」

司馬焰毫不避諱地說道：

「我們兄妹的感情並不好，真要說的話，我很討厭我的哥哥司馬封。」

「…………」

「啊，看你們那訝異的表情，想必他根本沒有跟你們說過他過去做了什麼吧？」

司馬焰雙手放到椅背後，以隨興的表情仰天說道：

「他殺了我們的父母，就連我都差點死在他手下。」

「……這是真的嗎？」

「我沒必要拿這種事說謊吧。」

司馬焰的表情很輕鬆，就像是在說別人的事。

但是我注意到了，她的眼中完全沒有笑意。

「既然妳這麼討厭司馬封，為何還借制服給他？」

「我本來盤算著他過來，我就能找機會揍他一拳。」

司馬焰不開心地咂舌說道：

「沒想到這傢伙竟派莫大哥和陌姐來了，這膽小鬼。」

司馬封之所以不來，原來還有這層因素啊，難怪他那時態度這麼曖昧。

「難過時，我會想著哥哥失敗的情景；開心時，我會想著哥哥毀滅後的情景。」

司馬焰的眼中，綻放出了開心的光芒。

「我最討厭他了。」

彷彿在說著自己的戀人，司馬焰的臉頰因為激動而浮起了紅暈。

「我很討厭哥哥很討厭哥哥很討厭哥哥很討厭哥哥很討厭哥哥很討厭哥哥很討厭哥哥很討厭哥哥很討厭哥哥很討厭哥哥——這世上最討厭的人就是他，巴不得他趕快去死。」

毫不留情的話語，讓我和陌羽一時之間啞口無言。

過了許久後，我才艱難地說道：

「如果真的討厭成這樣……那妳為何還要遵照妳哥哥的話，特地來接待我們？」

「嗯？莫大哥和陌姐又沒得罪我？」

司馬焰搖了搖手說道：

「哥哥是哥哥，你們是你們，兩者是不同的，我才不會小心眼到將對哥哥的私怨帶到你們身上。」

回想剛剛的情景，司馬焰接待我們盡心盡力，甚至會讓我誤以為其實她跟哥哥的感情很好。

路上遇到的女學生中，有的對她崇敬無比，有的人則對她恐懼萬分。

原來如此啊。

本來我以為司馬焰很難懂，但其實意外地簡單。

就在這一刻，我幾乎肯定了她不是由「盲」所假扮。

這樣激烈的個性，屬於活生生的人類，所以，這必定是「真實」。

「小焰。」

我看著她說道：

「有沒有人跟妳說過，妳是個『愛恨分明』的人？」

「常有人這麼說。」

司馬焰將喝完的空罐一拋，空罐劃出美麗的拋物線，「鏗」的一聲落到了遠方的垃圾桶中。

「但我一直覺得這句成語不過是廢話。愛就是愛，恨就是恨，我不能接受將這兩者混為一談的人。」

露出彷彿足以燒盡一切的燦爛笑容，司馬焰說道：

「所以，愛就要將自己的一切奉上，恨就要傾盡一輩子不原諒對方。」

一旦超過燃點，就會「轟」的一聲燒起來。

不是零就是一百，沒有中間值。

看著司馬焰，我有種看到火球的錯覺。

我收回前言，有這種妹妹，司馬封你真是辛苦了。

❖ ❖ ❖

本來我和陌羽的計畫是這樣的。

陌羽換上闕梅學院的制服，以轉學生的身分潛入司馬焔的班中。

我以服侍陌羽的管家身分，暫時待在她的身邊。

雖不知道「盲」的目標是誰，但是只要待在校內，遲早會聽到些蛛絲馬跡吧？

但是，這項看似完美的計畫，卻在意想不到的地方失控了。

這是我擔任殺人偵探的助手以來，遇過的最大危機。

突如其來的嚴重意外，讓我的腦袋完全失去思考能力。

自豪的危機迴避能力完全停擺。

我只能呆呆地站在當場，被眼前怒濤般的景象淹沒。

「莫向陽，如何呢？」

這個完全擊敗我的意外，名為——穿著水手服的陌羽。

「……」

「你怎麼一句話都不說？」

「…………」

「莫向陽？」

「………………………………」

我還是完全說不出話來。

陌羽那精緻的美貌本就讓她不像世俗之人。

十年來的獨自生活，讓她這股高雅的氣質被打磨得更加顯著。

我本以為平常的她就是極限了。

但跟穿上闕梅學院制服的她一比，我才知道我的認知是多麼膚淺。

水手服本來就給人純真的感覺，配上陌羽那恬靜少言的舉止，使得她周遭彷彿籠罩著一股靜寂的氛圍。

不管是誰來看，都會被這樣的她一眼吸引住，再也無法轉開目光。

「陌姐，莫大哥看來是不行了。」

司馬焰在毫無反應的我面前揮了揮手，如此說道。

「嗯……」

陌羽低下頭，有些不安地打量自己說道：

「這是我第一次穿制服，是不是哪裡不對？嚇到莫向陽了？」

「是嚇到他了，但原因可能跟妳想得不太一樣。」

司馬焰露出奸笑，靠近陌羽身邊，伸出兩根細長的手指——

「莫大哥，你看——」

她捏起陌羽的短裙，稍稍提高。

陌羽被黑絲襪包裹住的緊致大腿出現在我面前。

「————！」

我的臉登時漲得通紅。

「陌姐，這樣妳懂了嗎？」

「懂了。」

陌羽輕輕點著頭說道：

「莫向陽真的很喜歡黑絲襪呢。」

「…………」

司馬焰臉垮了下來，露出了一個女高中生不該出現的表情。

至於我，要不是無法動彈，大概也會露出哭笑不得的表情吧。

總覺得陌羽對我的誤會好像往微妙的地方發展了。

「接著由我推著莫大哥走吧。」

司馬焰繞到我後方，將手掌抵在我的背上。

「還有一個很重要的地方，我要帶你們去看看。」

於是，呆若木雞的我就這樣藉助司馬焰的推力向前進，而陌羽則撐起了她一直帶著的黑傘，走在我們兩人身後。

路上遇到的所有學生都向我們行了注目禮。

但我不確定是因為陌羽美得過於驚人，還是我的前行方式太過怪異。

當然，也可能兩者都有。

「那個該死的哥哥有把大致的狀況跟我說了。」

司馬焰一邊不經意地貶損司馬封，一邊說道：

「在『闕梅學院』有很多傳說，但若是說到持續十年之久的，那只有一個。」

她指著東邊的一棟破舊建築物說道：

「那就是位於舊校舍的『殘缺姬傳說』。」

司馬焰一邊前行，一邊將這傳說的大致內容向我和陌羽解釋。

在十年前，舊校舍發生了大火，燒死了一個女學生。

起火原因不明，要不是那時剛好下起了大雨，有可能整個闕梅學院都會就此燒光。

但是奇怪的是，在事後清理現場時，完全找不到這個女學生的屍體。

不過，也不能說完全沒找到。

在火災現場，留下了一雙漂亮的手。

也不知為何，大火燒光了舊校舍，卻避開了這雙手。

在那之後，含恨而死的女學生，成了名為「殘缺姬」的鬼。

「殘缺姬」是位沒有雙手的嬌小女性。

她會在深夜時出現，到處尋覓她那不見的雙手。

要是被她抓住，那就會深陷「殘缺姬」的詛咒中，一點一點地失去身體的部位……

「嗚……」

一陣軟弱的嗚咽聲從身後響起。

我和司馬焰同時回頭，但除了一臉淡然的陌羽，我們誰都沒看到。

「陌羽，妳剛剛有沒有聽到什麼奇怪的聲音？」

「沒有啊。」

陌羽搖了搖頭。

奇怪？是我聽錯了嗎？

「莫大哥，已經可以自己走了嗎？」

在我身後的司馬焰探頭問道。

「可以了，感謝妳漂亮的支援。」

雖然雙腿還是有些發軟，但不妨礙行動。

我向司馬焰豎起大拇指，而她也笑著用大拇指回應我。

跨過無數用來隔離他人進入的封條後，我們三人總算來到了舊校舍前。

在所有光鮮亮麗的歐式建築中，那棟建築物顯得十分刺眼。

石製的建築物被燒得一片焦黑，不但東缺一塊、西缺一角，外觀還被無數綠色植被覆蓋，一眼就看得出來已年久失修。

「竟然沒有被拆除或是重建……太神奇了。」

在這種大小姐學校中，這種破敗的建築物理論上不該存在。

而且，看這副模樣，應該是從十年前燒毀後就再也沒去動過了。

「似乎有什麼不為人知的隱情，所以才將這棟建築物保留了下來，但具體原因是什麼我不清楚。」

「不怕學生跑進去出意外嗎？」

「所以才在外頭貼上封條啊，也禁止學生靠近這邊。」

雖然嘴上這麼說，但司馬焰毫不在意地往前突進，將門口「禁止進入」的立牌一腳踢開。

這傢伙一定就是老師眼中的問題學生吧。

「我們是不是該回去了？」

此時，身後的陌羽突然開口說道：

「裡頭好像很危險，要是走進去出了意外就不好了。」

我驚訝無比地看著身後的陌羽。

這完全不像是她會說的話。

一個連倒塌的水族館都能毫不在意衝進去的傢伙，現在是在說什麼啊？

「只要小心腳下，應該是還好吧？」

司馬焰用指節「叩、叩」的敲著牆壁。

「畢竟原本就是由大理石建成，堅固得很。」

「若是進去太久，耽誤到上課的時間怎麼辦？」

陌羽微微側過頭，看著身後的校舍說道：

「要是遲到就不好了吧？」

這傢伙到底在說什麼啊？

我們不是來上學而是來查案的吧？

「放心啦，妳可是轉學生耶，下午再進去就好了。」

聽到司馬焰這麼說，陌羽低下頭，不再說話。

總覺得陌羽似乎有點奇怪，跟平常的樣子完全不同。

但就在我想追問時——

「咦……」

司馬焰發出了驚呼聲，就像是看到了什麼不得了的事情。

「怎麼了嗎？」

「舊校舍大門上的封條……被撕掉了。」

只見舊校舍的厚重木門前，數條黃色的封條被撕毀後，丟到了地上。

「這些封條原本是貼在門上的嗎？」

「是啊，就我印象中，這十年來大門都是被封著的。」

那也就是說——

我和司馬焰互看一眼，同時點了點頭。

「有人先我們一步，進入舊校舍了。」

謎團越來越深了。

殘缺姬真的存在嗎？

為何這棟建築物會留存十年？

是誰打開了這道十年來未曾開啟的門？

還有——

「擅自闖入禁地會給老師他們造成困擾的，我們還是回頭吧。」

「…………………」

突然變成好學生的陌羽，究竟是發生了什麼事呢？

❖　❖　❖

——喀！

每走一步就會發出聲響。

舊校舍的地板上，布滿了碎石和碎玻璃。

好在我們三人穿的鞋子都算厚實，不怕因此而受傷。

不過不愧是大理石建築，雖然被火燒過而且破損很嚴重，但裡頭的狀況看起來還算完整，不會突然垮下來的樣子。

「繼續剛剛的話題吧，『殘缺姬』的傳說其實還有後續。」

司馬焰一邊走一邊說道：

「這十年來，有不少學生目睹到『殘缺姬』的身影，據傳聞，每到深夜時，舊校舍的燈就會點亮，發出白光的『殘缺姬』會在裡頭遊蕩，想要抓取活祭品。」

「嗚嗚……」

怯懦的呻吟聲再度響起。

但回過頭的我和司馬焰，除了面無表情的陌羽外，還是一個人都沒看到。

我開始覺得脊背發涼了。

「該不會是『殘缺姬』的悲鳴之類的吧……」

「現在可是大白天啊，『殘缺姬』應該不會出來吧？除非──」

司馬焰壓低聲音說道：

「除非『殘缺姬』的封印被解開了。」

「封印？」

「是的，這就是傳說的後續了，其實有一個方法，可以讓『殘缺姬』主動現身。」

司馬焰指著前方說道：

「在一樓東側，有一間打不開的房間，房門上有著用血畫成的兩隻手。」

「喔喔……還真有那種故事的氛圍啊。」

「若是對『殘缺姬』有所祈求的人，就可以打開這道緊閉的門。」

「祈求？哪種類型的？」

「『詛咒』──而且是咒殺類的。」

「…………」

「若你有想要詛咒的對象，『殘缺姬』就會幫你。」

司馬焰的聲音越來越低、越來越低……

「打開房門，向她許願，她就會收下你的身體做為代價，讓你想要咒害之人，落得和你一樣四肢不全的悽慘下場──」

「嗚啊啊啊啊啊啊啊啊啊啊──────！」

背後傳來陌羽的慘叫！

這似乎是我第一次看她叫得如此悽慘。

我趕緊回頭查看，只見陌羽閉著眼，不斷用收起的傘胡亂揮舞。

但她傘的前方，什麼東西都沒有。

「陌羽！妳怎麼了！」

我閃過危險的傘尖，繞到她的身邊。

只見她雖面無表情，臉色卻似乎比平常蒼白了些。

「我、我……」

仔細一看會發現，陌羽全身上下不斷顫抖，眼眶也含著淚。

這瞬間，我突然明白了為何從剛剛開始，她的性格就變得有些怪異。

「陌羽……妳該不會……」

我看著已經準備抽出懷中小刀的她問道：

「怕鬼？」

「…………………………………………………………我沒有。」

「啊，妳後面好像有一個白影。」

「咿——————！」

陌羽拋下傘，拿出懷中的小刀開始朝後面一陣亂砍！

「抱歉，我看錯了。」

「…………」

含淚的陌羽停下動作，微微臉紅的她，以無言的眼神譴責我。

「怕鬼又不是什麼丟臉的事，不如說很可愛啊。」

我手掩嘴角，輕笑道：

「——很像可愛的小朋友喔。」

「……去死！」

陌羽提著刀向我揮了過來！

「妳差不多也該意識到了吧。」

我一邊低頭閃過揮擊一邊說道：

「會在現實中隨便砍人的女高中生，遠比鬼怪可怕好嗎！」

「殺人偵探不管怎麼對待自己的助手，只要不殺死，都不會被問罪。」

「妳在這時候添上這條解釋，並沒有讓現狀合理化好嗎——咦？」

我露出驚駭萬分的表情，指向陌羽身後。

「陌、陌羽……妳身後……」

「我不會再被騙了。」

「不，妳身後好像是封印『殘缺姬』的房間。」

「咿啊啊啊啊啊啊啊——！」

「別害怕！陌羽！『殘缺姬』沒有雙手，完全不是妳的對手！」

「啊啊啊啊啊啊啊啊啊啊啊——！」

混亂的陌羽以華麗的刀軌將自己包裹了起來。

「嗯，看來她是真的很怕鬼。」

看著跟空氣激烈奮戰的陌羽，我拿出手機開啟攝影模式。

這種角色崩壞的陌羽可不多見，之後會是個非常好拿來捉弄她的素材。

最近我總是因為陌羽而陷入慌亂，現在總算是抓回一點主導權了。

「看莫大哥這樣，我若是陌姐也不想讓自己怕鬼的事暴露出來……」

司馬焰看著我，露出不敢恭維的神情。

「先不提陌羽，有個地方似乎怪怪的……」

我看著陌羽身後的門。

確實如司馬焰所說，門扉上頭用血畫著兩隻驚悚的血手掌，就像翅膀一般，這兩個血手掌以大約三十度的角度張開，並排在一起。

因為已過了許久的年月，上頭的血跡已經變黑了。

一開始時我被這雙血手掌吸引了目光，所以沒有發現一個更加明顯的異狀。

「小焰，妳是不是說過，這個房間十年來都是封著的？」

「是啊。」

「可是妳看——」

我指著微微敞開的門扉。

「這個房間的門……是不是被打開了啊？」

「咦？」

訝異的司馬焰趕緊上前察看。

但就如我所說，一直以來緊閉的木門被微微打開了。

並不是被破壞或是被拆開，它的模樣，很明顯的就是有人轉開門把，進入其中。

「這是不是意味著……『殘缺姬』的封印被解開了？」

司馬焰沒有回答我。

但光看她那緊張的神情，這個問題的答案不用多說也能明白。

我伸出雙手，讓自己的手重疊在那個血手印上頭。

「莫大哥，你想做什麼？」

司馬焰有些訝異地問道。

「當然是推門進去看看囉。」

「你不怕『殘缺姬』詛咒你嗎？」

「哈哈……詛咒是嗎？」

忍俊不住的我不禁露出微笑。

——陌雪那潔白無垢的笑容出現在我腦中。

「我早就被詛咒了。」

從遇到陌雪的那一刻開始——從目睹她微笑的瞬間，我的生命就牢牢地綁在了陌家的女性身上，被她們所咒詛。

就是因為愛上了，所以才想待在她們身邊，即使變得支離破碎也不會逃。

終有一天，我想我會被陌羽給殺死吧。

那是已經註定的結局，無論怎樣做都無法更動。

「所以，若是『殘缺姬』能賜予我新的詛咒，我想我會很開心的。」

我不知道我說這句話時的表情如何。

但是司馬焰露出了不可置信的表情，就像是看到了什麼無法理解的生物。

我對她微微一笑後，打開了「殘缺姬」的房間。

「『殘缺姬』……」

我沒有恨的對象。

我沒有想要詛咒的對象。

但若是可以的話，我想見妳一面。

因為若是死後真有亡靈，那或許──

「或許哪天我能再見到陌雪，對吧？」

說出這種話的我，或許是真的無可救藥了。

我想，我其實根本就不想離開這個詛咒吧？

因為若是沒有了這個死之牽絆，我就不知道自己該以怎樣的面目待在殺人偵探身邊。

──啪。

我打開了「殘缺姬」的房間。

只是，出現在我眼前的不是殘缺姬，而是不管是誰看到都會倒抽一口氣的情景──

首日奪手。
次日削足。
三獻其身。
殘缺姬將死而復生。
詛咒你欲報復之人。

房間的牆上，用血寫上了這段短文。

每個字都斗大如一隻手掌，令人觸目驚心。

「奇怪……」

「莫大哥說的奇怪，指的是這段奇怪的文章？」

「不，不只這個。」

從踏進這房間的那一刻，我就感覺到某種不對勁，但具體是什麼，我一直說不上來。

我環視整個房間，除了這段血文外，整個房間空無一物——不，或許嚴格來說不能算是什麼都沒有。

血文的正下方，擺著一個精緻的石盒，這個石盒大約一顆籃球大小，蓋子上頭雕了兩隻手。

我打開石盒，發現裡頭放著一張紙，上頭用血寫著——

「殘缺姬受理委託」。

短短的一行字後頭，附上的是宛如簽名的一雙血手印。

「真是令人毛骨悚然啊……」

依照這樣的狀況來看，應該是有某個人闖進「殘缺姬」的房間，然後向她許下了願望。

——我感到脊背微微一涼。

我沒有什麼特殊能力，但多年來屢次面臨生死關頭，還是讓我得到了唯一一個說不上是特技的特技。

——我能感受到危險在靠近。

「總覺得……很不妙。」

有種大事即將發生的感覺。

雖不知道許下願望的人是誰，但至少可以肯定，她對某人抱持著深深的恨意。

這股恨甚至讓她不惜向「殘缺姬」許願。

「小焰……若是向『殘缺姬』許下願望，具體來說會如何？」

「至今為止雖然有很多傳聞，但沒有人真正去做這件事，所以我也不是很清楚，但是……」

司馬焰看著牆上的血文說道：

「有一說是這樣的：『許下願望的人，會漸漸失去身體的部位。』」

「……跟血文的內容一樣嗎？」

即使拿自己的身體當代價，也願意詛咒他人。

「這個學校，有胸懷如此巨大恨意的人嗎？」

「有啊。」

司馬焰毫不遲疑地指向自己說道：

「就是我。」

「…………」

「要是只犧牲身體部位就能讓哥哥死於非命，那感覺還挺划算的。」

「就算妳一臉燦笑地跟我這麼說……」

這傢伙完全不想掩飾自己對司馬封的殺意。

該不會向「殘缺姬」許願的就是她吧？

「不是我喔～～」

可能知道我在想什麼吧？司馬焰對我搖了搖手說道：

「讓其他人殺了哥哥也太浪費了吧？我好歹也得親自動手，這是對哥哥最基本的尊重。」

都想要殺人了還談什麼尊重。

她對司馬封的這股恨意，甚至直率得讓人佩服。

「若不是妳，那妳有想到其他可能向『殘缺姬』許願的人選嗎？」

我本來心想，這邊都是有錢人家的女兒，應該很好鎖定嫌犯，沒想到司馬焰給的回答完全出乎我意料之外。

「其實抱持巨大恨意的學生，意外的還不少喔。」

「咦？」

「別看這邊光鮮亮麗，只有大小姐的學校可是很恐怖的。」

司馬焰雙手抱在頭後，悠哉地說道：

「有錢人家的內幕和牽扯複雜到誰都搞不懂，感情很好的朋友，說不定父母其實是世仇，甚至有可能在商業上有著上下隸屬關係。」

「……那為何還是朋友？」

「那只是表面上看起來如此而已，實際上根本就是被利用的小妹，因為要是不聽從對方的命令，自己父母的公司可能就會因此而遭殃。」

「…………」

心中對貴族女校的美好幻想，有種被狠狠砸碎的感覺。

「嚴密的封閉環境，也就代表著無論發生什麼事，外界都無法知道和察覺吧？就算真的鬧出了什麼醜聞，靠著外頭的大人物，也能輕易地壓下來。」

司馬焰彷彿跳舞似地轉了個圈，在血文下張開雙手說道：

「坦白說，就算不靠『殘缺姬』，在這所學校裡，就算誰殺了誰，也一點都不奇怪。」

難怪我的求生本能會起作用。

這邊似乎比想像中還不妙。

——殘缺姬傳說。

——不知躲在何處的「盲」。

——向殘缺姬許願，想要咒殺敵人的不明委託者。

各種情況參雜在一起，就像灌到極限的氣球。

若是就這樣繼續充氣下去——

——轟！

一陣轟然巨響從地底深處響了起來！就像是有什麼東西爆炸！

如同遭逢了大地震，整所「闕梅學院」開始搖晃！

我衝出「殘缺姬」的房間，向校外探頭一看。

只見外頭黃沙滾滾，瀰漫的粉塵甚至讓整個天空稍稍變暗了。

「這個該不會是——」

我的心中閃過某個不妙至極的畫面。

不理會仍在房間外頭舉刀奮戰的陌羽，我衝到停車處，開車往校外疾馳而去。

「該死……」

沒開多久，我就被迫停了下來。

只見通往山下的山道被無數巨大落石擋住，不管是人還是車都無法通行。

看來剛剛的巨響應該是炸彈爆炸的聲音。

這個炸彈炸斷了唯一一條出路，讓「闕梅學院」處於孤立無援的狀態。

果然，我的預感是對的。

這下大事不妙了。

「我們被關在這個地方了……」

——關在一個有著「殘缺姬」和「盲」的學院中。

chapter 02
千柚蠶

狀況比我們想得還嚴重。

所有對外的通訊，在炸彈爆炸的那一刻，就全數被切斷了。

「闕梅學院」徹徹底底地成了山頭上的一座孤島。

因為沒有對外聯絡的手段，所以外界的人一時間是無法得知學院被封起來的。

所幸這所學院中，全都是政商高層的寶貝女兒。

要是都沒接獲聯絡，遲早會發現異狀而展開救援吧。

也就是說，我們雖然被困在山頭，但這災難頂多持續兩、三天。

學院內不管是清水或食物都很充足，我們甚至連遇難都稱不上。

一開始得知山道封閉時，學院內陷入了不小的混亂，但經過教師說明狀況和安撫後，很快就恢復了往常和平的模樣。

唯一發現事態不妙的只有三個人，那就是我、陌羽和司馬焰。

但現今的我們也沒有其他事可做，於是，依照原本的計畫，陌羽轉學進司馬焰的班上了。

「大家好，我是陌羽。」

陌羽的自我介紹非常簡短，只有一句話。

「…………………」

一股沉默降臨在班上。

我坐在班上的最後面，將所有人的反應盡收眼中。

即使同為女生，但她們所有人就跟我第一次看到陌羽穿制服時一樣，被那清新脫俗的氣質給震懾了。

不過，這樣的氣氛只維持了一小段時間。

「我只會待在這邊幾天。」

陌羽微微頷首，向大家低頭說道：

「我不需要朋友，也不需要任何夥伴，請大家不要靠近我。」

雖然表面上看起來是拒絕的話語，但我知道這是陌羽的體貼。

要是一不小心有了好感，陌羽就會想把對方殺掉。

她無法選擇自己要不要孤獨——因為她只能孤獨。

「……囂張什麼。」

不知是坐在底下的哪個同學，吐出了這樣的感想。

以這個抱怨為開端，無數的竊竊私語響起。

這也是理所當然的。

陌羽這樣的說詞，引起大家的不悅也是當然的。

不過即使處於暴風的中心點，陌羽依然抬頭挺胸，筆直地看著前方，就像她所處的是另一個世界，不被任何人事物所干擾。

她緩緩走過這片騷動，來到自己的座位後坐了下來。

「真是了不起啊……」

我不禁吐出這樣的感想。

陌羽所走的，是一條荊棘之路。

不僅路途中什麼都沒有，就連終點處也毫無報酬。

但是，不管面臨怎樣的傷害，她還是朝著前方走下去了。

一直以來，我都是跟她兩個人生活。

此時看著她與其他人相處，我才驚覺一件再當然不過的事。

——陌羽很溫柔。

說不定，她是這個世界上最溫柔的女孩子了。

「……喂。」

此時，一陣低沉的嗓音突然響起，壓住了教室中的雜音。

——砰！

司馬焰猛然從座位上站了起來。

「……」

我都忘了，同樣貫徹自己生存之道的，在這個教室中還有另一人。

司馬焰大步地走到陌羽的前方。

「陌姐。」

她皺著眉說道：

「第一次見面就這樣自我介紹是不是不太好？這樣不是給人欺負妳的藉口嗎？」

一旦看不順眼，就燒過去。

司馬焰的思考和行動中，似乎沒有煞車這個東西。

「我有不得已的苦衷。」

陌羽輕垂脖子，讓眼睫毛長長的陰影落在臉上。

「所以——小焰，妳也一樣，別靠近我。」

司馬焰和陌羽隔著一張桌子對峙，一時之間整個班鴉雀無聲，氣氛極為緊繃。

就在我擔心司馬焰會不會一拳打過去時——

「很好。」

她點了點頭，拍了拍陌羽的肩膀。

因為過於突然，陌羽連抵抗的反應都來不及做。

「既然有困難，那也沒辦法。」

「……咦？」

「嗯？怎麼用疑惑的眼神看著我？我又不是像哥哥一樣的爛人，一定要妳照我的意思行動。」

司馬焰露出陽光般的笑容說道：

「只要搞懂了妳不是故意的，對我來說就夠了。」

司馬焰眨了眨眼，對陌羽比出大拇指後，坐回了自己的座位。

「嗯……」

我不知道司馬焰是不是故意這麼做的——不，她八成沒想那麼多吧。

司馬焰只會為自己的愛憎行動。

但是她的這個舉動，確實扭轉了班上那股不太妙的氣氛。

本來所有人都將目光集中在陌羽身上，把她當作敵人看待，但現在沒有那種感覺了。

「謝謝。」

我小小聲地如此說道。

我知道她聽不到，但我仍微微低頭，向著司馬焰的背後獻上謝意。

「嗯？」

此時，我突然注意到一件詭異的事。

——彷彿詛咒顯現。

一雙驚悚的血手印，就這樣出現在司馬焰前方坐著的同學背部。

那雙血手清楚地印在深藍的制服上，形狀跟我在「殘缺姬」房門上看到的幾乎一模一樣。

「為何……？只有我注意到嗎？」

我站起身，想要看得更清楚些——

「咦？」

但就在我眨眼的短短一瞬間，血手印消失了，不管怎麼找都找不到。
這種不可解的現象，讓我的身體有如墜入冰窖般寒冷。
——**「殘缺姬受理委託」**。
我想起了擺放在石盒中的那張字條。
「該不會……」
我看著那名坐在司馬焰前方的同學。
「『殘缺姬』的詛咒……要開始了嗎？」

「『蕪人』。」
放學後，司馬焰帶著我和陌羽來到舊校舍後方的一個角落。
「這是坐在我前面的女同學名字，也是我的好朋友。」
聽到她這麼說，我訝異地說道：
「妳這個處世有如火焰的傢伙，竟然交得到朋友？」
「你到底把我當成什麼人了。」
司馬焰瞪了我一眼後說道：
「對我來說，這個世界的人除了敵人外，都是朋友。」

「這也太極端了……除了朋友和敵人外，就沒有第三種人嗎？」

「有啊，哥哥。」

司馬焰一臉正經地說道：

「他獨立於這兩者之外，是特別的存在。」

「…………」

相處久了就會發現，司馬焰似乎滿腦子都是哥哥，這該不會是某種劃時代的新型愛情吧？

「繞回原本的話題，說起蕪人這個朋友，我認為她向『殘缺姬』許願，是非常有可能的事。」

「怎麼說？」

「因為她長期被霸凌。」

「……又是另一個聽起來很不愉快的話題啊。」

在看到血手印後，坐在教室後方的我開始仔細觀察蕪人這個人。

她的個子小小的，但是額前的瀏海蓄得特別長。

過長的瀏海遮住了她大半面孔，像是不想讓人看到她的雙眼。

她總是低著頭走路，說話聲也細微到幾乎無法聽見。

不管是誰向她搭話，她都會像個小動物般跳起來，過了幾秒後才能反應。

「確實……那反應，很像被霸凌者具備的對人恐懼。」

「欺負蕪人的有兩個人，一個叫『虹之天』、一個叫『亞地』。」

「這三個人的名字，是不是有關聯性呢？」

此時，在旁的陌羽突然開口。

經她這麼一說我才想到。

「天、地、人」，這不是易經說的「三才」嗎？

「不愧是陌姐，我還沒說就發現了，確實如妳所說，這三人的父母似乎是商業上的合作夥伴，而這三人原本也是好友。」

或許是因為父母關係不錯，才惡作劇般的取了有關聯的名字吧。

對比現在的狀況，還真是諷刺得讓人笑不出來啊。

「既然原本是好友，那為何虹之天和亞地會開始霸凌蕪人呢？」

「因為蕪人家經商失敗，在一個月前宣告破產了。」

司馬焰緊握拳頭說道：

「蕪人的父母受不了這個打擊上吊自殺，留下蕪人一個人在世上。要我說的話，這真是不負責任到了極點——就跟哥哥一樣。」

「蕪人也真是太可憐了……」

還有司馬封也是。

「蕪人家的破產，也間接影響到虹之天家和亞地家的生意，以此為契機，她們開始欺侮、霸凌蕪人。一開始時不過是叫她跑腿，之後變本加厲，開始進行言語和肢體上的暴力行為。」

「蕪人沒有反抗或是求救嗎？」

「她無法啊。」

司馬焰搖了搖頭說道：

「破產後的蕪人，是靠著虹之天和亞地家的援助才勉強生活的。」

難怪她無力反抗。

就連經濟上的掌控權，都握在他人手中。

「那老師呢？」

「就像我之前說的，這所學校的家長很多在外頭都是呼風喚雨的存在，平常給這所學校的捐款也不少，所以老師們也不敢輕舉妄動。」

「嗯……」

我抱臂沉思一會兒後，視線落到了司馬焰身上。

「那妳呢？」

我指著司馬焰說道：

「身為正義使者的妳，難道就沒有出手幫忙蕪人嗎？」

「我才不是什麼正義使者呢，我只會出手管自己看不過去的事。但確實如你所說，我有出手干預。」

司馬焰一根一根扳著手指說道：

「我大概揍了虹之天和亞地一次、二次、三次……嗯，總之就是很多次。」

妳到底是揍了多少次？連算都算不清楚。

「但是，那一點用處都沒有。」

司馬焰像是很不甘心的咬著下嘴脣。

「一旦造成她們不快，她們就會把憤怒發洩在蕪人身上。」

「她們很聰明嘛。」

知道這是讓司馬焰罷手的最好方法。

「『拜託妳別再管我了』——當我聽到哭泣的蕪人這麼懇求我時，我的心中起了殺意。」

司馬焰一邊說一邊流下淚水。

這傢伙真的毫不遮掩她的感情，總是激烈得一眼就能看懂。

我本有些疑惑她為何沒有馬上衝上去和虹之天、亞地拚命。

但稍加思索後，我馬上就明白了。

想必這一定是因為——

「要不是我還沒向哥哥報仇，我一定會不惜一切代價幫助蕪人的——即使要同歸於盡也沒關係。」

司馬焰咬牙切齒地說道：

「可惡……都是哥哥這混蛋害的。」

果然如我所料。

對司馬封的恨，成了司馬焰行動的最大枷鎖。

「唉……」

我悄悄嘆了口氣。

雖然我沒資格說別人，但我的身邊，怎麼盡是些麻煩至極的人際關係啊。

「雖然我說了這麼多，但用聽的不如用看的……看吧，蕪人來了。」

司馬焰拉了我和陌羽一把，我們一行三人就這樣躲在旁邊的樹叢裡。

嬌小的蕪人從遠方走來，她的步伐就像是要上處刑台一般緩慢異常。

她站在舊校舍後方的空地處，渾身不斷顫抖。

即使如此害怕，她還是沒有跑掉——不，應該是無法逃跑吧。

過了不久後，一個綁著高馬尾的高瘦女生，以及一個身材微胖，拿著名牌包包的人出現了。

司馬焰在我們耳邊悄聲告知，高瘦的高馬尾女是虹之天，微胖的女生是亞地。

「很好很好，今天也過來接受『淨化』了啊。」

虹之天嘴角上揚，露出讓人看了寒心的笑容。

說實話她算是個美人，但那表情不知為何讓我聯想到一條蛇。

「我們願意『淨化』妳，還不感激涕零地跪下來！」

——啪！

亞地用包包打向蕪人後背。

蕪人就像被割倒的雜草般倒了下去！

「這兩個傢伙……」

我想衝出去阻止，但司馬焰拉住了我。

她的五根手指深深陷入我的手臂中，像是想把我的手掐出血來。

「別去……」

司馬焰一邊咬著下嘴脣忍耐，一邊從齒縫中勉強擠出這幾個字。

「如果不能負起責任完全拯救蕪人，就別抱著半吊子的心態出手。」

——滴答滴答。

她的另一手緊握過度，指甲刺進手掌中，血順著手掌邊緣流了下來。

她一定比誰都還想衝出去吧。

「……我明白了。」

我點了點頭，停住了想要行動的腳。

若是基於膚淺的正義感出手，想必會讓蕪人落入更深的深淵吧。

我誰都不能救，因為我連自己都救不了。

我唯一想救的，只有身為殺人偵探的陌羽。

接下來出現在我眼前的，實在不是什麼愉快的情景。

虹之天和亞地以淨化為名，一邊對蕪人拳打腳踢，一邊露出愉快的笑容。

而且她們十分聰明地只打衣服遮蔽得住的部位。

這樣的過程持續了大約五分鐘後，發生了某件怪事。

「剛剛她的背上是不是出現了一雙血手印？」

「那只有一瞬間吧？這不是什麼都沒有嗎？」

從我這個角度沒看到，但從虹之天和亞地的角度，似乎也看到了那一閃而逝的血手印。

「一定是這傢伙搞了什麼小把戲吧？想要嚇唬我們。」

「模仿『殘缺姬的詛咒』嗎？這混蛋！」

「若是真能詛咒我們，那妳就試試看啊！」

出現在蕪人身上的血手印觸怒了她們，她們打得更凶了。

「她們……每天都做這種事嗎？」

面對我的疑問，司馬焰輕輕點了點頭。

蕪人臉上那絕望的表情我很常在自己身上看到。

雖然不會讓陌羽見到，但在面臨陌羽的處刑前，想必我也是這副表情吧。

只要是人類，都會害怕暴力、傷害、死亡之類的東西。

而虹之天和亞地，毫無理由地要蕪人每天承受這些東西。

我想，她們根本不是基於任何理由這麼做吧？

她們只是很單純地享受這個過程——僅是如此而已。

這個世上，確實有純粹的惡意這種東西。

「——住手。」

只是，虹之天她們不知道的是，這世上也有純粹的殺意這種東西。

在我和司馬焰驚訝的目光中，陌羽站起身，走到了虹之天和亞地面前。

「若是再不住手——」

陌羽從懷中掏出陌雪給她的小刀。

「我就殺了妳們。」

一道冷冽的凜然之氣以陌羽為中心點，猛然向外擴散！

在場的所有人都倒抽了一口氣。

陌羽的眼中隱隱閃著紅光，整個人散發出巨大的壓迫感。

「妳、妳不是那個奇怪的轉學生嗎？」

虹之天逞強地笑道：

「說什麼殺死我們，真是笑死人了，妳難道不知道我們的老爸是誰嗎——」

——唰！

銀光一閃！

踏步向前的陌羽，將亞地的名牌包一刀割斷。

接著她起腳，將名牌包高高地踢到空中。

「妳們想必沒殺過人吧？」

陌羽左右揮舞小刀，將落到她面前的包包分成了一塊塊。

「但是，妳們連誰殺過人都看不出來嗎？」

從陌羽身上散發出的寒氣，讓遠處的司馬焰都不由得往後縮了縮。

陌羽將小刀放在嘴邊，伸出小巧鮮紅的舌頭輕輕舐了一下。

她眼中的紅光越來越盛，一看就知道不是正常人的眼神。

提起刀的陌羽，一言不發地朝著虹之天和亞地走了過去。

一步、兩步、三步……

「嗚……」

面臨人類最原始的恐懼，虹之天和亞地無法控制地掉下了眼淚。

司馬焰賜給她們的報復是「暴力」，但那與她們平常做的事一樣，所以她們並不害怕。

可是陌羽不同。

陌羽給的是「死亡」。

「死亡」和「暴力」，這兩者在質上有著巨大的差異。

「嗚啊啊啊啊啊啊啊──！」

最終，她們一邊哭喊，一邊連滾帶爬地跑走了。

「陌姐！好厲害啊！」

興奮的司馬焰站起身來。

「若是再這樣威脅她們幾次，說不定她們就再也不敢霸凌燕人了！」

開心的她想要衝出去，緊緊抱住陌羽──

「──等一下！」

我趕緊一把拉住司馬焰！

「嗯？為何？」

「不要靠近陌羽！」

我的額頭布滿冷汗。

「若是不想被殺，就乖乖聽我的話！」

我從懷中拿出銀色名片盒，吞下裡頭的D95藥丸。

「呼、呼……」

我感到呼吸變得急促，瞳孔也因為興奮而放大。

在橙紅色的黃昏陽光下，陌羽呆呆地站在原地，一動也不動。

「已經微微進入『狀態』了嗎……？」

彷彿只有陌羽周遭的溫度和空氣不同，刺骨的寒氣不斷從她身上散發出來。

死亡的恐懼塗滿我的腦袋，讓我的腳就像灌了鉛似的沉重。

但是，我還是深吸一口氣，朝陌羽走過去。

「陌羽，是我——」

——唰！

銀光再度閃過！

陌羽的刀以最短的途徑朝我的頸動脈揮了過來！

好想逃。

好想轉身就逃。

但若是逃走，就沒有人能挽救陌羽了。

「來吧……」

不能完全閃過，必須讓陌羽的殺人衝動發洩掉才行。

所以，我必須讓她有砍中的手感，然後又不被砍死才行。

——刀子來到我的面前！

在臨死之際，我眼前的一切都變成了慢動作。

靠著D95藥丸加強的視力和反應，我朝後退了一公分。

小刀劃破了我脖子的皮膚，差半公分就要抵達頸動脈！

——噗！

過於銳利的斬擊，讓紅色的鮮血從我脖子中噴出。

與此同時，陌羽的動作也停了下來。

「冷靜下來，陌羽。」

我一手按著傷口，一手抓住陌羽握著刀的手。

「已經沒事了，快從『狀態』中出來。」

「…………」

回過神來的陌羽看著我，咬著嘴脣低下頭說道：

「抱歉，我又……」

「沒事的。」

即使背部都被冷汗給浸溼，但我仍露出無懈可擊的笑容說道：

「這點程度對我來說是小事，離殺死我還遠得很。」

「……是這樣嗎？」

「當然是這樣啊。」

我掏出手帕，將她刀子上的血擦掉。

「什麼事都沒有，所以，別對我道歉。」

依照以往的經驗，當我說到這種程度，陌羽就會相信。

但是——

「……你是不是在說謊？」

陌羽再度拋出了讓我呆掉的問題。

但我馬上搖了搖頭說道：

「沒有。」

「真的嗎？」

她緊緊盯著我的臉，被看得渾身不自在的我，趕緊別過臉去。

……有沒有什麼可以轉移陌羽的注意力呢？

「對了……」

半是逃避的我，跑到趴在地上的蕪人身邊。

「這位同學，妳還好吧？」

「……妳。」

「嗯？」

她似乎正在說什麼，但因為過於小聲，我什麼都聽不到。

於是，我將耳朵靠近她的嘴邊——

「詛咒妳詛咒妳詛咒妳詛咒妳詛咒妳詛咒妳詛咒妳詛咒妳詛咒妳詛咒妳詛咒妳詛咒妳詛咒妳詛咒妳詛咒妳詛咒妳詛咒妳詛咒妳詛咒妳——」

「…………………」

那是過於漆黑的恨意，讓不是當事人的我都差點被吞噬。

蕪人趴在地上，就像把自身從這世界切離開，她以平淡到嚇人的聲音說道：

「千柚蠶老師跟我說了……殘缺姬會幫助我的。」

千柚蠶？誰？

「我已經完成儀式，殘缺姬很快就會現身……我看到了，她已經來了……」

就像要印證她所說的話。

此時——我再度看到了。

蕪人漆黑的制服背上，再度出現了一雙血手印。

那雙血手一閃而逝，快到讓我以為是自己看錯。

「死一點都不可怕……」

蕪人低聲說道：

「痛苦地活著，比死亡可怕多了。」

她的聲音，宛如從黑暗的地底深處響起。

「只要殘缺姬出現——」

蕪人抬起頭來，滿是塵土的臉龐露出了打從心底開心的笑容。

「那麼這一切……就會結束吧？」

她的雙眼中什麼都沒有，就像是放棄了所有事情。

❖ ❖ ❖

「總覺得……一切正走向無可挽回的崩壞。」

「莫向陽，你說什麼？」

「沒事……」

我隱藏身上的疲憊，向回過頭的陌羽露出了笑容。

D95的副作用，讓我的腦內就像充滿了白色的迷霧，我幾乎無法思考。

「才第一天……發生的事也太多了吧？」

殘缺姬的謎團、令人不舒服的霸凌、蕪人背後突然出現的血手印。

這一切的一切，都像雪球般越滾越大。

我那感知危險的本能不斷嘶吼，要我趕快想點辦法。

但調查越多，我就越感到迷惘。

到底該怎麼做，才能停止這顆即將壓倒一切的雪球？

「莫向陽，前方似乎就是千柚蠶的辦公室了。」

陌羽指著前方。

夜幕降臨，校舍裡的燈都已點亮。

在霸凌事件後，因為需要人把蕪人送去醫療室，所以唯一了解地理環境的司馬焰，帶著蕪人離開了我們。

在告訴我們一些必要資訊後，她叫我們自己前來找千柚蠶。

「記得她是跟我們說——」

我回想司馬焰跟我的對談……

「若是用一句話形容千柚蠶老師這個人——那就是『殘缺姬的奴隸』。」

「『殘缺姬的奴隸』？」

「這可不是我取的，而是全校的學生共同給她的外號。」

「那她是個怎樣的老師呢？」

「是個年輕的女老師，年紀只有二十四歲。」

「二十四歲！比我小一歲！很好！」

我點了點頭。

「身高一百四十，不管是長相還是身材都跟國中生一樣。」

「合法蘿莉教師！非常好！」

我重重地點了點頭後問道：

「順道一問，她的胸部——」

「幾乎沒有！」

「我太感動了……竟是幼兒體型，這完美的悖德感和犯罪的感覺……」

我不禁比出大拇指，而司馬焰也笑著回了我一根大拇指。

我跟這傢伙的默契似乎不錯。

雖然這樣說對她有些失禮，但我感覺好像多了一個友好的男性朋友。

「不過莫大哥，千柚蠶老師沒有穿黑絲襪的習慣，這樣你也可以嗎？」

「……請不要把黑絲襪列入我喜好的必要元素好嗎？」

「那你是喜歡黑絲襪還是不喜歡黑絲襪呢？」

「……」

「請誠實地回答我。」

「……算是、喜歡吧。」

「嘿嘿～～」

司馬焰露出邪笑，將長長的腿伸到我面前說道：

「是這樣喔～～喜歡嗎？那我明天是不是也穿一下呢？」

「……請不要捉弄年紀比妳大的人。」

我用手掌「啪」的一聲拍了一下她的小腿，吃痛的她抱著單腿開始跳來跳去。

「嗯……？」

此時，我注意到了陌羽的異樣。

她看著我和司馬焰的方向，手放在胸口，頭微微歪著，似乎很困惑的模樣。

「陌羽，胸口不舒服嗎？」

「是有點悶悶的……」

「還好嗎？」

我有些緊張，剛剛短暫進入「狀態」，是不是帶給她什麼奇怪的負擔了呢？

「應該沒有大礙。」

陌羽露出淺笑後，轉向單腳站立的司馬焰問道：

「對了，司馬焰，那個千柚蠶，為何會被稱為『殘缺姬的奴隸』呢？」

「…………」

我有點意外，因為陌羽竟會做出這種彷彿轉移話題的舉動。

她最近出人意表的舉動真的越來越多了。

「其實有關這個人的奇怪傳聞真的很多，一時之間也說不完。」

「比方說？」

「傳說她一直有去整型，所以這十年來才一直沒變，保持十四歲的模樣。」

「但這不過是謠言吧。」

「是啊，不過十年外貌都沒變化，也有人傳說她是鬼魂之類的……咦？陌姐妳怎麼縮到莫大哥身後了？」

「這就是她之所以被稱作『殘缺姬的奴隸』的關係嗎？」

「嗯……她被這麼稱呼的原因嘛……」

司馬焰抱臂沉吟一會兒後，抬起頭說道：

「有關這個，我覺得我不要多說比較好。」

「為何？」

「只要見到千柚蠶老師，你們就算不想明白，也會瞬間明白她之所以被這麼稱呼的理由，所以，我還是不要給你們既定印象比較好。」

「…………」

「事情就是這樣，我差不多該送蕪人走了。」

司馬焰背起已經昏迷的燕人。

「那我先走囉，再見。」

她擺動有如羚羊般的白淨長腿，一眨眼就跑不見。

真羨慕她那無窮無盡的活力，要是能分一點給我就好了。

「不知道千柚蠶老師還在不在？」

時間回到現在，我探頭向已經熄燈的辦公室看去。

裡頭果然如我所料，空無一人。

這不意外，畢竟已經晚上八點了。

「要去住的地方找她嗎？」

拜訪單身女老師的宿舍？這難度感覺還真高。

「嗯……看來還是明天再找千柚蠶老師比較好——」

「找我……有什麼事？」

從後方傳來的無力聲音，讓我有如觸電一般跳了起來。

這也不能怪我。

撇開被嚇到的因素，那道聲音毫無人類的溫度。

——就像是亡靈。

「千柚蠶老師嗎？」

我調整好自己的心情，帶著笑容轉過身去。

「妳好，我是今天轉學過來的管家——」

帶著笑容轉過身去的我，再度因為驚嚇而愣在當場。

若是用一句話形容千柚蠶這個人——那就是「殘缺姬的奴隸」。

我的腦中響起了司馬焰曾說過的話。

千柚蠶的頭髮直達至腰，皮膚白皙透明得就像從不外出。

她穿著一襲靛藍色的洋裝，裙襬的部分點綴著無數水母花紋。

就如司馬焰所說，她不管是長相還是身材都稚氣無比，活像個中學生。

但最吸引我的還是她胸前的銀製項鍊。

——那是一雙手的形狀。

就跟殘缺姬門上的血手一樣。

根本不可能會有人戴著這種項鍊吧？

除非——

「妳是……『殘缺姬』的崇拜者嗎？」

問題說出口的瞬間，我便開始後悔。

過於疲憊而導致思考能力降低的我，竟在不經思索的狀況下問出了核心問題。

要是打草驚蛇，讓千柚蠶開始閃避我，那就完蛋了。

「我確實……是『殘缺姬』的奴隸……」

只是——出乎我意料之外的，千柚蠶完全沒有閃避我的問題。

她以有氣無力的聲音繼續說道：

「『殘缺姬』不管叫我做什麼……我就會做什麼……」

「…………」

「只要是『殘缺姬』的事……我全都知道……」

「…………………」

「我是為了『殘缺姬』……才存在的……」

此時，銀色的月光從窗外灑了進來，照亮了千柚蠶的笑容。

——那是個非常愉快的微笑，就像是期待許久的事即將發生。

「這到底……都是什麼啊。」

詭異的話語。

詭異的言論。

詭異的老師。

我摀著滿是冷汗的額頭，眼前的視野開始扭曲。

總覺得……一切都詭譎得讓人無法忍受。

「『殘缺姬』已經出現了……誰都無法阻止……」

「到底『殘缺姬』是什麼！」

「你很快就會知道……『殘缺姬』是什麼……」

千柚蠶閉上眼，指著窗外。

「你沒看到嗎……她已經來了——」

「————啊啊啊啊啊啊啊啊啊啊啊啊啊啊！」

一道淒厲的慘叫聲響徹了整間學院！

「——在哪邊!?」

我探頭看向窗外！

只見司馬焰跑到中庭，就像發生什麼大事般神態緊急！

「雖然這邊是二樓——」

但這高度應該還可以！

為了省時間，我將腳踏在窗沿處，準備跳下去。

「在『殘缺姬』的房間中啊……」

就在我要跳出去的瞬間，我的身後傳來了千柚蠶那一點溫度都沒有的輕語：

「有很有意思的東西喔……」

「什麼東西！」

「嘻嘻……」

「別笑了！回答我的問題！」

「嘻嘻嘻嘻嘻嘻嘻嘻嘻嘻嘻嘻嘻嘻嘻嘻嘻嘻嘻嘻嘻嘻嘻——————」

「該死！」

我不再理會身後的千柚蠶，縱身往下一躍！

現在不是管她的時候了！

——中庭柔軟的草皮迅速逼進眼前！

我用受身和滾動消除衝擊力，至於陌羽則漂亮地直接用雙腳著地。

「莫大哥！陌姐！不好了！」

司馬焰迅速跑到我們面前。

即使是視線不佳的夜晚，也可以看得出來她的臉上一點血色都沒有。

「發生什麼事了？」

「殘缺姬出現在我和蕪人面前了！」

「什、什麼？」

可能是要我們趕緊過去吧，司馬焰拉著我們向前跑！

「她就像鬼魂一樣，穿著白袍站在窗外，雙手的部分從手腕處開始什麼都沒有，空空蕩蕩的！」

——殘缺姬會在深夜時出現，到處尋覓她那不見的雙手。

不祥的預感從心中冒起。

總覺得……好像要發生什麼無可挽回的可怕事態。

「殘缺姬現在在哪裡？」

「她在醫療室！」

司馬焰指著前方一棟彷彿教堂的白色建築物。

「莫大哥，你跑進去，右邊第一個房間是了！」

——要是被她抓住，就會深陷「殘缺姬」的詛咒，一點一點的失去身體的部位……

在奔跑過程中，我的腦中不斷浮現殘缺姬的傳說。

隨著越來越靠近醫療室，那道彷彿永遠不會停止的慘叫聲越來越近、越來越大聲——

終於，我們抵達了那可怕的惡夢開端。

「我的天啊……」

第一個看到醫療室內部的人，是我。

——那想必是我一輩子都不會忘記的情景吧。

在銀色的月光下，蓋著被單的蕪人坐在病床上，高舉雙手。

「啊啊啊啊啊啊啊啊啊啊啊啊啊啊啊——！」

就像被殘缺姬殘忍奪走，她的雙手齊腕而斷，大量的鮮血不斷從中流出。

一把巨大的柴刀躺在床旁的地板上，上面沾滿了血跡。

這幅情景殘酷又詭譎，甚至讓人有種非現實感。

我看向窗外，窗外什麼人都沒有，只有一片黑暗。

「蕪人！」

我衝向前去，以急迫的語氣問著她。

「是誰砍了妳的手？」

「……嘻。」

即使永遠失去了雙手，蕪人仍露出詭異的笑容。

「到底是誰！是殘缺姫嗎？」

「嘻嘻……」

「不要笑了！快回答我！」

「是啊，就是殘缺姫！」

蕪人放聲大笑！

「她剛剛從牆壁中穿了進來，跟我說要收取代價之後，就將我的雙手無聲無息的收走了！」

像是被殘缺姫奪走了心神，癲狂的蕪人仰天大笑！

「啊哈哈哈哈哈哈哈！誰都無法阻止殘缺姫的詛咒了！殘缺姫是確實存在的事物！哈哈哈哈哈哈哈！」

蕪人一邊笑，一邊將手上的鮮血塗抹整個床單，目睹這情景的我感到驚懼萬分，不斷倒退。

「等一下，手……？」

蕪人被砍下來的雙手呢？

我環顧整個醫療室，卻沒有看到本應該存在的雙手。

——在『殘缺姬』的房間中，有很有意思的東西喔……

腦中響起了千柚蠶剛剛說過的話。

「該不會——」

我推開被慘叫聲吸引而來的人群，掠過靜靜看著這一切的陌羽、臉色蒼白的虹之天、亞地，以及——不知為何滿足微笑的千柚蠶。

醫療室在闕梅學院的西側，剛好跟舊校舍是反方向。

穿過花壇、分開樹叢、跳過那些封條。

不斷奔跑的我，很快地就來到了舊校舍裡頭，站在畫著一雙血手的殘缺姬門前。

——啪！

我毫不猶豫的打開門。

隨著開啟的門扉，月光逐漸映亮了房間內的情景。

「嗚……」

這都是……什麼東西啊……

「嗚嘔——」

我不斷的乾嘔。

眼前那足以深入腦髓的恐怖畫面，讓我幾乎吐出來。

石盒被打開了。

裡頭裝著「一雙被斬下來的手」。

我硬撐著走向前，仔細察看那雙手，卻沒有顛覆這惡夢一般的現實。

這個傷口的新鮮度和齊腕而斷的傷口，在在說明了一個再明顯不過的事實。

——這確實是蕪人的雙手。

「但是……這怎麼可能呢……」

頭暈目眩的我，幾乎站不穩腳步。

我心中本來有個假想：

有某個「凶手」砍掉了蕪人的雙手，之後將雙手帶來這個房間，放在石盒中。

為了印證這想法，在直線跑來這邊的路上，我曾詢問擦身的同學：有沒有目睹任何可疑人士？

但是，所有人都跟我說沒看到。

而我一路上視野所及的範圍，也沒有任何朝這裡前進的人影。

若蕪人的證言屬實，殘缺姬在我進去前一刻才把她的手砍掉，在那之後我為了詢問證言，花費了大約幾秒鐘的時間，接著馬上以最短路徑衝進這間房——

理論上，我應該是第一個抵達殘缺姬房間的人。

那麼，凶手是怎麼把雙手放進這房間中的？

他是怎麼在我之前做到這事的？

環顧殘缺姬房間，除我之外再無他人。

有人躲在裡頭的可能性也徹底被我否定掉了。

這是不可能的犯罪——是人類不可能做到的犯罪。

「該不會……真有『殘缺姬』這個惡靈？」

一念及此，冷汗就像瀑布般從額頭流下。

雙眼很快地就被汗水遮蔽。

在一片模糊的視野中，斗大的一行血字突然躍入我的眼簾。

——**首日奪手**。

「原來這句話……指的是這個意思。」

蕪人的雙手，就這樣被殘缺姬奪走——

等一下。

我突然驚覺一件可怕的事。

幾乎要把臉貼在牆上，我仔細閱讀牆上的血文。

首日奪手。

次日削足。

三獻其身。

殘缺姬將死而復生。

詛咒你欲報復之人。

「首日奪手、首日奪手……」

這句話已經應驗了。

宛如被冰雪包裹全身，劇烈的寒意瞬間冷卻了我的身體，讓我連自己的體溫都感受不到。

要是再不查清楚殘缺姬傳說是怎麼回事──要是再不查出殘缺姬是誰……

那這篇血文後續的內容，莫非──

「全部都會……實現？」

chapter 03 人是無法保護人的

我將蕪人的斷手從石盒中拿了出來，並好好保存在冷凍庫中。

這麼做的目的有二：一個是保全證物，另一個則是不讓誤闖進房間的學生被嚇到。

至於蕪人的狀況……只能說很不樂觀。

闕梅學院中只有最基本的醫療器材，所以無法幫她動手術。

因為道路被封閉，所以也不能送她出校園。

這時，向走投無路的我們伸出援手的，是個我完全沒預想過的人選。

「我已經用液態氮急速冷凍傷口，止住了蕪人的血。」

戴著手套的千柚蠶向坐在醫療室門外的我說道：

「蕪人的性命總算是暫時保住了，只希望外頭的救援快點來吧。」

「……還真是判若兩人啊。」

我面前的千柚蠶露出了和藹可親的微笑，說話也不再有氣無力、斷斷續續。

「啊啊……真是讓你見笑了。」

千柚蠶低下頭，微微臉紅說道：

「我有『解離性身分疾患』，也就是大家俗稱的『雙重人格』。」

據千柚蠶說，平常的她其實是個很正常的老師。

剛剛出現在我們面前，有著詭異行動和說話方式的人，其實是她的另一個人格。

當她處於另一個人格時，她的所有行動都不會留下記憶。

「……怎麼不去治療？」

「試過了，但不管是哪個心理醫生都沒辦法治癒，不過坦白說，這個疾病除了會讓我的記憶偶爾中斷，也沒造成什麼實際上的困擾。」

「光是記憶會中斷就夠嚴重了吧？」

「但也不是很常發生啊，順帶一提，我的另一個人格，大家都叫她『小殘』。」

「……真是可愛的名字啊。」

「雖然我是老師，但我畢竟還是個女孩子，暱稱果然還是可愛點的好。」

「不……我不是這個意思。」

我本來想表達的意思是：那麼詭異的人格，實在不應該有這麼可愛的名字。

「『小殘』雖然看起來怪怪的，但其實不會做什麼可怕的事啦，而且——她也有討喜的一面。」

就像在說另一人，千柚蠶微笑道：

「要是見到她，請你務必好好照顧她。」

「嗯……」

我姑且點了點頭。

「那麼，時間已經很晚了，你要不要回學生宿舍去休息一下？」

千柚蠶看了看手錶，進行提議。

時間是晚上十一點。

入學的第一天還沒過完。

我作夢都沒想到原來一天可以如此漫長。

「沒關係，我就坐在醫療室外邊休息就可以了。」

雖然很疲憊，眼皮也重到幾乎撐不住。

但千柚蠶的嫌疑還沒完全去除，我不放心她和蕪人兩個人在醫療室中獨處。

「那我門就開著囉。」

可能是看穿了我的想法，千柚蠶笑道：

「我就在裡頭照顧蕪人，有事隨時叫我。」

「嗯……」

我轉頭一看，失去雙手的蕪人躺在床上，陷入了深眠。

雖然我依然有些戒備千柚蠶，但她的醫療知識看來貨真價實。

就在所有人都手忙腳亂時，她衝了進來，當機立斷地用急速降溫的方式封住了傷口。

接著她還綁上止血繩和繃帶，為蕪人輸血和進行簡單的麻醉。

真是人不可貌相，從外表根本看不出來，她其實有醫師的執照。

要不是她冷靜的處理，蕪人早就沒命了。

所以雖然心裡有疑慮，我們還是只能放她和蕪人在醫療室中相處。

不過……應該沒問題才是。

畢竟醫療室只有一個出入口，我就坐在門外監視。

醫療室的門也是開著的，我只要轉頭就能看到裡頭的情景。

「真是疲累的一天啊……」

順道一提，該說真不愧是女孩子嗎？在這種危急時刻，陌羽和司馬焰還是堅持要回去學生宿舍洗個澡。

所以只剩下我一個人孤零零地鎮守現場。

「真是的……為何我非得被她們責備不可啊。」

當我說出「一天不洗澡又不會死時」，陌羽和司馬焰用看著髒東西的眼神看著我。

我認為我的提議才符合常識，但在她們的認知中，這似乎不符女孩子的常識。

「那麼，趁著這段獨處的時光，來整理一下現況吧。」

我看著窗外，想要藉著整理腦中的思緒驅除睡意。

一、蕪人斷手的地點：「醫療室」——在地上的大量血跡已證實此點。

二、蕪人斷手的時間：「晚上八點前後」——慘叫聲發生的時間點跟司馬焰的證詞證明了此點。

三、蕪人斷手的凶器：「巨大柴刀」——掉在血跡旁邊，刀鋒鋒利得彷彿一碰就會割傷。

在案件發生後，很有辦案經驗的陌羽聯合千柚蠶，將所有想要看熱鬧的學生擋在外頭。

現場因為她們的努力而得以保全，也讓我在事後可以進行簡單的調查。

之所以說簡單，是因為我馬上就被趕出了醫療室。

因為我會妨礙到千柚蠶的治療行為。

不過雖然調查的時間不長，我還是得到了不少收穫。

「我想想看，這個案件的疑點有——」

一、巨大柴刀上，為何只有蕪人的指紋？

在經過簡單的採集後，我發現柴刀的刀柄上，只有蕪人一個人的指紋。

二、醫療室中，有著放置柴刀的「刀架」。

這個刀架是一個厚實的底座，大約五十公分長、十公分寬和高。

它呈現海浪的波紋形狀，由木頭製成，中間有一條細痕專門用來收納刀鋒。

但是我試過了，若是將刀反過來，由刀背放入也是可行的。

刀放到一半就會被卡住——而且是牢牢固定住。

若是如此做，刀鋒就會朝上，「連著刀架」呈現一個非常危險的狀況。

之所以設計成這樣，應該是因為這樣就能用別的方式利用柴刀吧？

為了印證我的想法，我拿了根手腕粗細的樹枝，由上往下用力一揮！

——啪。

樹枝一分為二。

因為非常鋒利的關係，樹枝的斷面非常平整。

「那麼……若是人的手……」

只要這樣往下用力揮，那自己把自己的手割斷也是有可能的。

加上刀柄上只有燕人指紋的線索。

我想我可以很輕易地得出一個結論——

——燕人是利用刀座，自己把自己的手砍斷的。

一旦想通後，一直以來罩在身上的壓迫感就稍稍輕了些。

果然，這世上沒有「殘缺姬」，也沒有「殘缺姬的詛咒」這種東西。

因為若真的是惡靈的詛咒，那我和陌羽不論如何努力都無法解決。

雖然表面上看起來很不可思議，但這些都是人類可以辦到的行為。

「但假如真如我所想……那就會產生新的疑點。」

燕人砍下的雙手為何會消失？那雙手為何會先我一步跑到殘缺姬的房間中？

「而且……燕人的動機是什麼？」

要把自己的手砍斷，那需要多大的決心啊？

這麼做的理由，基本不可能存在吧？

「等一下……不是還有一個可能嗎？」

其實這案件存在著某個「凶手」。

凶手強迫燕人自己砍下雙手，說出虛假的證言。

她並不是在我闖進去前被砍斷雙手，而是早就被砍斷了雙手。

接著趁我趕去醫療室時，「凶手」往舊校舍跑去，將雙手放到殘缺姬的房間中。

「沒錯……就是這樣。」

真相解明了。

我再從頭思考一次，發現真相和線索全然相符。

這次靠我一人就解析了事件。

「太好了……」

我不用再冒著死亡的生命危險，和陌羽進行殺人模擬。

「真是……太好了。」

鬆了一口氣的我感到全身乏力，差點就要失去意識——

「什麼太好了？」

身旁突然響起的聲音，讓我稍稍回過神來。

我轉頭一看，只見穿著睡衣的司馬焰不知何時坐到了我身邊。

可能是剛洗完澡吧，司馬焰給人的感覺和稍早完全不一樣。

放下來的頭髮帶著些微的水氣，溼潤的肌膚也不斷傳來搔弄鼻腔的宜人香氣。

從熱褲中伸出的雙腿看起來比平常還長，耀眼得彷彿在發光。

「抱歉，莫大哥。」

發覺我打量她雙腿的目光，她以略帶歉意的語氣說道：

「這套睡衣配黑絲襪會很奇怪，無法滿足你的期待，真的十分抱歉。」

「……妳倒是跟我說說看，哪種睡衣會配黑絲襪啊。」

「情趣睡衣。」

「……」

我先是沉默了一會兒後，按著額頭說道：

「妳說話還真是百無禁忌啊。」

一般女孩子說出這樣的東西時，心中不是都會有抵觸嗎？

「男人好色是應該的吧，我挺能接受這種事的，要是莫大哥想聊情色方面的話題，歡迎來找我聊喔。」

「不，其實我也沒有那麼想聊這種話題——」

「話說我剛剛邀陌姐一起洗澡囉。」

「好！來聊吧！」

我調整坐姿，正襟危坐說道：

「麻煩妳詳細跟我說明一下當時情況了！」

「莫大哥還真是忠於自己的慾望啊。」

「一旦超過燃點，性慾就會『轟』的一聲燒起來。不是零就是一百，沒有中間值。」

「這應該是用在我身上的形容詞吧？」

「愛就要將自己的妄想奉上，恨就要傾盡一輩子意淫對方。」

「……可以不要把我的招牌臺詞改得如此下流嗎？」

司馬焰先是露出受不了的模樣，接著像是想到什麼似地說道：

「不對，若是意淫哥哥跟莫大哥纏綿的模樣，這或許也是某種復仇——」

「真的很對不起，我不該胡說八道的。」

我馬上低頭認錯。

「請妳不要將我牽扯進妳對哥哥的恨中。」

這比面臨陌羽持刀向我衝過來還可怕。

「哈哈哈哈哈——」

司馬焰一邊抱著肚子笑一邊說道：

「不過很可惜，我沒辦法跟莫大哥好好說明陌姐的身材有多好。」

「……………………」

「……你有必要露出彷彿世界末日到來的表情嗎？」

她嘆了口氣後，繼續說道：

「因為她拒絕了我一起洗澡的邀請。」

「嗯。」

想想這也是當然的，不過我承認我剛剛還是抱持著一絲希望。

「總覺得陌姐好像刻意與他人保持距離，就好像張開了一層防護罩似的。」

「防護罩嗎……」

之前她對我也是如此，但是最近，我有種她不再防範我的感覺。

——這對我們兩個來說，真的是一件好事嗎？

「要是我也有像陌姐一樣的自我控制力……」

司馬焰將臉埋進長長的雙腿中，幽幽說道：

「那我是不是就能活得更聰明些呢。」

「……」

「要是我更能控制自己，或許我就能阻止虹之天和亞地，蕪人也不會落得這般悽慘的下場吧？」

我有些訝異地看著司馬焰。

這似乎是我第一次從她口中聽到軟弱的話語。

她或許是感到自責吧。

因為她覺得蕪人會變成這模樣，都是她害的。

「小焰。」

看著彷彿要熄滅的她，我忍不住說道：

「人不一定要活得聰明吧。」

「……是這樣嗎？」

「當然是這樣。」

我跟陌羽，就是活得特別愚笨的那種類型。

「其實……某方面我還滿羨慕妳的。」

開心的時候就大笑，生氣的時候就揮拳。

「能如此率性而活，我很佩服妳。」

我就是至今為止都無法說出自己的心情，才會淪落到自己在想什麼都不知道的下場。

「所以……妳還是保持這樣就好了。」

我輕輕拍著她的頭說道：

「因為，妳有我沒有的一切。」

「嗯……我知道了。」

司馬焰抬起頭來，對我露出大大的笑容。

接著，她身子一斜——

將頭輕輕靠在我的肩上。

「喂，小焰……」

「是莫大哥說的，我遵從自己心意而活也沒關係，而我現在就想這麼做。」

「……這次是特例喔。」

「嘻嘻——我知道啦。」

我和司馬焰並肩而坐，誰都沒說話。

她將頭倚在我的肩上，讓我久違的感受到了女孩子的柔軟和溫度。

時間緩緩流逝，很快地就到了要換日的時候。

「呼……」

我身旁的司馬焰沒多久就睡著了，露出了鬆懈無比的睡顏。

「真是幸福的傢伙……」

今天實在發生太多事了，我也好想睡。

睡意逐漸侵襲了我，讓我的思考幾近完全停擺。

也不知是不是作夢，我好像看到陌羽出現在走廊遠處，她在看到我和司馬焰後，默默地轉身離開。

這應該是太累所產生的錯覺吧？

因為，陌羽要是真的來到這邊，怎麼會不跟我打聲招呼就走呢？

「真是的，這樣睡會感冒的。」

就在日期切換的那一刻，睡眼惺忪的我看到千柚蠶從醫療室中走了出來。

她手上拿著一條毛毯，蓋在我和司馬焰身上。

「謝謝。」

我一邊道謝，一邊回頭看向醫療室。

狀況跟前一個小時一模一樣，蕪人躺在床上，胸口的起伏顯示她正在熟睡。

千柚蠶將醫療室鎖起來，然後將鑰匙交到我手上。

「我回去拿一下盥洗用具。」

「這段時間雖不長，但你就放心睡吧。」

千柚蠶是個比想像中還要有洞察力的老師。

可能是知道我在懷疑她，她刻意營造了這樣的情境給我。

看著她離去的背影，我心想，說不定就連回去拿東西也是她故意的。

為的是讓我有一點點休息的時間。

「她還真是個體貼的老師啊……」

緊握手中的鑰匙，我緩緩閉上雙眼，讓疲憊的身體投入夢鄉。

「向陽，你來了啊。」

在夢境中，我回到了十年前。

十六歲的我，再度站到了陌雪的面前。

她一如往常穿著一襲白洋裝，坐在窗臺處遙望窗外的風景。

不管看幾次，都覺得她是純潔無垢的存在。

那股純白甚至可以稱之為暴力，它能強制性地將看到她的人意識轉為一片空白。

除了她的身影外，再也裝不下其他東西。

「向陽。」

陌雪向我問道：

「你知道這世上最偉大的愛是什麼嗎？」

「是什麼呢？雪阿姨——」

——喀！

陌雪將小刀扔了過來，小刀削斷我幾根頭髮，釘在後方的牆上。

我趕緊改口。

「是什麼呢？雪姐姐。」

她點了點頭，裝作剛剛什麼都沒發生地說道：

「這世上最偉大的愛，有一說是『母愛』。」

「『母愛』……」

「但對陌家的女人來說，愛意和殺意是某種畫上等號的存在，所以若『母愛』是這世上最為巨大的愛情──」

陌雪露出透明的笑容說道：

「那不就表示，我對陌羽有著這世上最為巨大的殺意嗎？」

「……那又如何？」

為何要跟我說這個？

「因為，終有一天，你說不定會面臨殘酷無比的抉擇。」

白色的陽光從窗外照了進來，讓陌雪那純白的身影變得更加純淨。

「向陽，若哪天你看到我要把陌羽殺掉──」

她以彷彿要消逝的笑容向我問道：

「那麼，你會怎麼做呢？」

「呃啊啊啊啊啊啊啊啊啊啊──！」

一道淒厲的慘叫聲將我喚醒！

迅速睜開眼皮的我環顧四周，想要掌握現狀。

時間是十二點二十分，地點是醫療室的外面。

醫療室的門緊閉，鑰匙還握在我的手中。

「慘叫聲——」

——是從醫療室中傳來的！

我推開身旁依然熟睡的司馬焰，轉開鎖著的門衝了進去！

「啊啊啊啊啊啊啊啊啊啊——！」

床上的蕪人不斷掙扎，像是很痛的樣子！

「麻醉的藥效過了嗎……不對！」

——宛如紅色的顏料滴入紙中。

蓋著蕪人的床單，一抹紅從腳部的位置開始出現、擴散。

——**次日削足**。

我的腦中浮現出那不祥的血文。

「該不會、該不會——」

過度緊張讓我的手開始顫抖，喉嚨也乾渴了起來。

走到蕪人床前，我輕輕地翻開床單一看——

——蕪人的雙腳不見了。

彷彿被殘缺姬吃掉，她的雙腳從腳踝的部分往下，全然消失。

「這怎麼可能……」

我環顧房間，但不管怎麼找都找不到蕪人失去的雙腳。

為了不破壞現場而暫時擺在地上的柴刀，也完全沒沾上新的血跡。

「這怎麼可能、怎麼可能……」

過於震驚的我搖搖晃晃，幾乎要跌倒。

「這怎麼可能啊！」

推開前來救助的千柚蠶，我再度以最快速度跑到了殘缺姬的房間。

然後，就如我所料——而我是多麼不希望真如我所料。

殘缺姬房間的石盒中，放著的雙手不知何時消失了，取而代之的是蕪人的雙腳。

「開什麼玩笑……」

失去全身力氣的我，「砰」的一聲跪倒在地，茫然的看著眼前的血文。

——次日削足。

「開什麼玩笑啊！」

我大概只睡了十分鐘吧？

如果這段期間有人拿走我手中的鑰匙，或是偷偷開門進去，我一定會發覺。

若是沒人進去，房間也從沒打開過——那就表示那是個完全的密室。

在密室中，蕪人的雙腳無聲無息地消失了，接著被運到這邊？

這根本是人類做不到的犯罪啊！

「難道……真的只能用『殘缺姬』的詛咒來解釋？」

首日奪手。

次日削足。

三獻其身。

殘缺姬將死而復生。

詛咒你欲報復之人。

「首日奪手、次日削足……那接著就是『三獻其身』。」

如果血文的內容都會實現，那這無疑的就是犯罪預告。

第一天砍手、第二天削足、那第三天就會奪走蕪人的身體。

「我絕對要阻止這事發生……」

我握緊拳頭。

不管妳是惡靈還是人類，我都要阻止妳！

如果妳真的必須削減人類肢體才能復活，那這麼殘忍的方式無人可以認同。

「殘缺姬……」

我曾想過見妳一面也好，但現在，我正式認定妳為敵人——

「我絕對……不會讓妳死而復生的！」

❖　❖　❖

「你就是凶手吧！」

出乎意料的，就在我離開殘缺姬的房間後，我被學生包圍了。

帶頭的人，正是虹之天和亞地。

「仔細想想，自從你跟那個轉學生陌羽入校後，怪事就不斷發生！不但學校被封了起來，蕪人還屢遭謀害！」

虹之天指著我說道：

「所以，你就是將蕪人雙手雙腳砍掉的『殘缺姬』！」

「…………」

突如其來的指責，讓我陷入沉默，但我很快就恢復了冷靜，開始反駁。

「僅憑我和陌羽轉過來的時間點，就認為我是凶手，這推測也太膚淺了吧？」

我毫不畏懼地看著虹之天的雙眼說道：

「身為名門學校的大小姐，毫無證據就誣陷人，這就是妳們的素質？」

「你、你這傢伙……」

被我這樣用話一堵，虹之天困窘得滿臉通紅。

她可能以為只要靠著人數優勢壓迫我，我就會害怕地承認吧？是標準沒見過世面的傢伙會做的判斷。

「況且，我今天才剛轉學過來，不管是同學還是地理環境都不熟，要做到這樣的犯罪，根本就是不可能的事。」

「那一定是預先調查好——」

「妳們這邊如此偏遠，外人無法輕易出入，而且一個男生預先潛入調查，在女校中也太顯眼了吧？」

聽到我這麼說，圍著我的同學開始動搖，她們看著虹之天和亞地，不斷竊竊私語。

「閉嘴！都閉嘴！」

亞地揮手大喊！

「這都是這個男的為了脫罪而說出的狡辯之詞！根本不足採信！」

「那麼，亞地同學。」

我刻意走到亞地面前，給她壓力。

「難道妳就能拿出確切的證據，證明我就是『殘缺姬』？」

「我、我當然有！」

亞地並沒有退縮，她直面地注視我的雙眼。

雖然是敵人，但我還是在心裡讚賞她的勇氣。

「證據是什麼？」

「無人待在密室中，然後雙腳無緣無故消失了，這根本是不可能的事。」

「我也這麼認為。」

這是個無解的謎，直至今天我都想不明白。

凶手是怎麼在密室中，無聲無息地將蕪人的雙腳移去殘缺姬房間的呢？

「所以，從這神奇的狀況中，只能導出一個結論——」

亞地指著我大喊：

「那就是『醫療室根本就不是密室！』」

「不可能。」

鑰匙只有一把，而且窗戶也是封死的，沒有其他出入口。

「那確實是密室，房間是鎖著的，鑰匙在我手上，也沒人在我睡著時進房。」

「你的證詞說不定是假的啊，綜觀目前的狀況，只有一種可能吧？」

亞地露出得勝的笑容說道：

「擁有鑰匙的你開門進去，把蕪人的雙腳給砍了，再裝作毫不知情的模樣走出醫療室，鎖上門後坐在司馬焰旁邊裝睡！」

「——！」

聽她這麼一說，我的心跳因為過於驚訝而漏了一拍！

我自己當然明白我不是凶手——不是「殘缺姬」。

但沒想到在旁人眼中，現狀會被解讀成如此模樣。

難怪她們會氣勢洶洶地來找我問罪，這確實是符合邏輯的推論。

「等一下！若是我真的這麼做了，司馬焰怎麼可能毫不知情？」

「她有可能是熟睡，也可能是被你下了安眠藥啊。」

看到亞地的論點奏效，虹之天也恢復了原先囂張的態度，開始加入攻擊。

「那砍下的雙腳呢？我要怎麼帶到殘缺姬的房間中？」

「你可能還有其他共犯，只要請他人幫你帶過去就好了。」

「…………」

我雙手垂下。

所有可以反駁的論點都被封死了。

這該不會是凶手刻意設計好的？若真是如此，也太高明了吧。

隨著情勢發展，我就這樣自然地成了「殘缺姬」的替罪羔羊。

「我知道妳們不會信。」

我以微弱的聲音進行最後的反抗。

「但我確實是睡著了，什麼都沒做。」

「那麼，有誰可以提供證言，證實你真的在門前睡著了？」

聽到虹之天這麼問，我的腦中閃過了陌羽的臉龐。

那時模糊的視線中，似乎有看到她的身影。

但是，不能把她牽扯進來。

「沒人可以為我作證。」

我搖了搖頭，彷彿認罪般低下頭說道：

「沒人知道，我那時是不是睡著的。」

「果然，你就是『殘缺姬』！」

虹之天指著我大喊：

「大家看，他已經認罪了！」

一邊這麼說，虹之天一邊從包包中掏出了手銬。

大小姐學校中，到底為何會有這種東西啊？

——啪！

拿著手銬的虹之天毫不留情地朝我的頭敲了下來。

雖然閃得過，但我怕觸怒群眾，所以乖乖承受了這一擊。

鮮血從頭上淌下，很快地就染紅了我的視野。

「你一定沒想到你會有今天吧？」

靠近我身邊的她，以只有我能聽到的聲音在我耳邊說道：

「怎麼不叫你家的陌羽大小姐來救你？這樣我就能連她一起揍了。」

「…………」

果然，剛剛的證詞問句是陷阱。

我就想虹之天怎麼那麼好心，還給我辯護的機會。

她根本存心想要報之前的一箭之仇。

「這件事只跟我一人有關，別把其他人牽扯進來。」

「那就要看你的表現如何了。」

虹之天將我的雙手拉到身後上銬。

——咚！

她膝蓋往上，給了我肚子一腳。

吃痛的我彎成く字型，「砰」的一聲跪倒在地。

「在警察到來前，就由我來給你一點教訓！」

虹之天和亞地不斷對我拳打腳踢，我則是努力護住要害，不讓自己受傷太重。

看著她們動用私刑，周遭的女學生不斷叫好！

我不怪她們，因為這就像是中世紀的魔女狩獵。

想必她們一定累積了許多不安吧。

學校被封起來，又發生了如此恐怖血腥的事件。

現在好不容易找到凶手，當然會想要「目睹凶手被制裁」來給予自己安心。

虹之天和亞地的行為，正是投其所好。

而她們的做法也很聰明，裝作正義的一方，那就不會有人去挖掘她們之前對蕪人做了什麼。

壞人得志，好人被壓在地上打。

這世界真是可笑。

「呵……」

我不由得笑了出來。

「笑什麼！」

虹之天一邊罵一邊補了一腳！

「啊哈哈哈哈哈哈────！」

我刻意發出一連串大笑！

被我這樣詭異的行為迷惑，喧鬧的現場登時靜了下來。

「虹之天，亞地。」

趁著這個空檔，我趕緊說道：

「妳們也有可能是『殘缺姬』吧？」

既然已經毫無退路，那就同歸於盡吧。

雖然知道可能一點用也沒有，但我仍做出最後的掙扎。

「而且，平常罷凌蕪人的人，不正是妳跟亞地嗎？那麼割去她的雙手雙腳，想必妳們連眉頭都不會皺一下吧？」

「你在說什麼啊？」

我本來還期待動搖她們。

但她們馬上就回答我了。

可能她們早在腦中預想過很多次，如果被這麼問要怎麼回答吧。

「我們才不會對蕪人這麼做呢。」

以極其無辜又自然的態度，她們同聲說道：

「因為——

「——我們和蕪人是朋友啊。」

——我的眼前一黑。

她們的惡意，比我想的還深得多。

這場仗是我輸了，是我小瞧了她們。

答、答、答、答——！

此時，一陣急促的腳步聲迅速地從遠方靠近！

「去死————！」

——砰！

藉由助跑的威力，司馬焰一個飛踢將虹之天踹飛！

「竟敢說妳們跟蕪人是朋友！我原諒不了妳們！」

彷彿一團火球，司馬焰坐在虹之天身上，不斷用拳頭招呼她的臉！

「去死！去死！去死！」

明明動手的人是司馬焰，但她的眼淚卻隨著揮拳不斷流了出來！

「要不是妳們！要不是妳們！蕪人也不會——」

她的表情痛苦至極，就好像受傷的是她的親人一般。

「什麼『殘缺姬』——什麼『殘缺姬』的詛咒，全都閃邊去吧！」

司馬焰以嘶啞的聲音慟哭道：

「妳們這群傢伙，遠比惡靈詛咒可怕多了！」

「妳們在做什麼！快一起來壓住她！」

亞地趕緊招呼旁觀的人壓制司馬焰！

憑著人數優勢，她們很快地就把司馬焰從虹之天的身上架開。

「放開我！放開我！」

司馬焰一邊掙扎一邊哭喊！

「我要揍死那傢伙！我要折斷那混蛋的四肢！我要殺了那婊子——————！」

司馬焰的用詞粗暴至極，一點都不像女孩子。

但我不自覺地被這樣的她吸引——甚至有種被她救贖的感覺。

因為……

總覺得她代替我，做了我一直很想做的事。

「這個混帳……」

被打得鼻青臉腫的虹之天搖搖晃晃地站了起來。

她的模樣狼狽，不但頭髮一片凌亂，制服也滿是髒汙和破損。

「很好，今天我們就來把帳一次算清。」

她從地上撿起一塊拳頭大的石頭，朝大哭大叫的司馬焰走去。

——糟糕。

我剛剛就是害怕會有這種狀況，所以才沒有抵抗。

平常的人們被法律和理智束縛住，所以不會做出過激的行為。

但是在現在這種極限狀況中，被一時的氣氛影響的人群，一不小心越過那條線——越過那條殺人的線。

「誰叫妳要一直找我麻煩……」

虹之天的臉上，露出了扭曲至極的笑容。

「沒錯，這一切都是妳的不對，誰叫妳要妨礙我。」

自始至終，虹之天都不會覺得自己有錯吧。

因為，錯的永遠是其他人。

「這是妳應得的報應，司馬焰！」

她手上的大石，狠狠地往司馬焰臉上砸去！

看到那情景的瞬間，我的腦袋一片空白。

等到我發覺時，我已經衝到了虹之天和司馬焰的中間！

總是為了保護陌羽而行動的我，第一次捨身擋在其他人的面前。

——砰！

一聲巨響從我的腦袋響了起來。

我的意識沉入深深的黑暗中，再也無法浮起來。

早在十年前，我就深切地明白了一件事。

——人是無法保護人的。

就算你付出再大的努力和心力。

意外終究會發生、毫無道理的死亡依舊會降臨。

生死有命，人定不能勝天。

但是，就算結果早已註定，人依然會盡自己所能保護自己珍愛的人。

那是為何呢？

十年前，當我目睹陌雪死亡的那一刻，我終於找到這個問題的答案。

人之所以保護他人——

為的不過是守護自己罷了。

要是不誤以為自己有守護所愛之人的力量，人就無法待在他人身旁。

——相信她會因為我而活下去。

——相信她會因為我而擁有美好的人生。

——相信她會因為我而得到走下去的勇氣。

要是不這麼相信，人就無法愛上他人。

十年前，我就是這麼相信的。

但儘管我傾盡一切努力，陌雪還是死在我面前了。

她彷彿要用她的死亡告訴我，這一切不過是我的誤會。

但是，即使是誤會也沒關係。

如果不這麼誤會就無法愛上他人，那我就一直這麼誤會下去吧。

我寧願永遠抱持著這樣的錯誤。

就算最後什麼都沒拯救到，我依然會為自己所愛的人努力。

就算時光再重來一百次，我依然會如此相信。

——相信所愛的人，會因為我的守護而得到幸福。

❖ ❖ ❖

「一切都已經結束了。」

等到我再度睜開眼時，第一個躍入我眼簾中的，是陌羽那絕世的美貌。

「一切都已經結束了，莫向陽。」

陌羽重複了一次她所說的話。

「結束……是什麼意思？」

我早就知道了。

世界是多麼不合常理。

永遠不會依照你所想的轉動。

「你昏迷了整整一天，現在已經是第三天的深夜。」

陌羽以平淡至極的語氣緩緩說道：

「在第三天換日時，蕪人被殺死了。」

「是嗎……」

才剛發誓要阻止「殘缺姬」。

結果就馬上昏迷了整整一天。

「真是可笑啊……我……」

我別過臉去，不讓陌羽看到我的表情。

即使是偽裝了十年的我，也沒有自信在此刻保持平靜。

——「向陽，若哪天你看到我要把陌羽殺掉，那麼，你會怎麼做呢？」

無數回憶在此刻湧上了心頭，那其中也有著此段回憶的後續。

面對陌雪的問題，十年前的我是這麼回答的——

——「我會保護妳們兩個的。」

胸口就像被掐住似的酸楚無比。

——「只要有我在，妳們一定會沒事的。」

「說什麼大話啊……我……」

要不是陌羽在身旁，我想我一定會放聲大哭吧。

「終究……我還是什麼都沒做到。」

就跟十年前，我什麼都沒能為陌雪做到一樣。

終章

接著，陌羽緩緩地將我昏迷之後發生的事跟我說了。

在我因為虹之天的攻擊而倒地時，千柚蠶終於趕到現場並介入其中。

多虧了她的處理，事態才沒有進一步惡化。

她迅速地幫我包紮和進行治療，同時做出了讓所有人信服的處置。

一、將我和司馬焰軟禁在千柚蠶的宿舍中，由虹之天她們派人在門口看守，但不准進入。

二、由陌羽看守醫療室，除了千柚蠶外，誰都不准進入蕪人的病房中。

「真是不簡單的老師……馬上就控制住場面。」

這樣的處理，不管是哪方人馬都不會有意見。

我環顧周遭，發現我正處於一個約莫四十坪，兩房一廳一衛，像是飯店一樣的房間中。

依照陌羽剛剛所言推測，這應該就是千柚蠶所住的教師宿舍了。

我所躺的地方是一個躺椅，躺椅所在的地點似乎是千柚蠶的書房，不管是上、下、左、右都是書櫃和塞得滿滿的書籍。

「別擔心司馬焰。」

誤以為我在找尋司馬焰，陌羽淡淡地說道：

「她沒受到任何傷害，現在正躺在旁邊的臥房中，睡得正香。」

「嗯，她沒事就好。」

「你……很擔心司馬焰嗎？」

「是啊。」

「…………………」

陌羽沉默了下來，過了一會兒，她低聲說道：

「你都挺身保護她了，她不會有事的。」

「嗯。」

「而且還能跟她被軟禁在同一個地方，感覺也不錯。」

「妳在說什麼啊……被軟禁起來哪裡不錯了？」

而且我一整天都在昏迷狀態。

「對了……」

陌羽別過臉，突然跳脫話題地說道：

「不覺得司馬焰很可愛嗎？」

「啊？」

我一時間沒反應過來，甚至懷疑自己是不是聽錯。

「你看嘛……」

陌羽不知為何看著牆壁說道：

「司馬焰外表亮麗，身材也不錯，而且也很會打扮，不覺得這個女孩子很不錯嗎？」

「嗯、啊，是很不錯啊。」

「…………」

陌羽再度沉默。

我自認自己還算是滿了解她的，但此時完全搞不懂她在想什麼。有種跟不上她節奏的感覺。

「不過，說到這個……」

我問出一直很想知道的疑問：

「第二天深夜，我和司馬焰坐在醫療室門外時──」

「我不在喔。」

我問題都還沒問完，陌羽就以流暢到驚人的口吻說道：

「我那時洗完澡就先睡了。」

「嗯……」

「總之，我完全沒有過去。」

「完全沒有過去」是什麼奇怪的句子？難道還有過去一部分的嗎？

「那個……陌羽，妳是不是心情不太好？」

「沒有啊。」

雖然陌羽的表情確實一如往常的冷冰冰，沒有太多異常。

但我感覺籠罩在她身旁的氣壓比平常低了些。

我是哪裡惹怒她了嗎？

不對，說到底，陌羽根本不會在意我吧？又怎麼可能因我而生氣呢？

果然是我自我意識太盛嗎？

「談回正題吧。」

我稍稍從躺椅上坐起身，問道：

「蕪人是怎麼死的？」

「跟第二天的狀況很像，突然就在密室中死了。」

「又是密室？」

「嗯，千柚蠶在第三日的深夜時，想要外出拿點宵夜，為了避免我跟莫向陽一樣被當成犯人，這次她自己拿走了鑰匙。」

「然後就在鎖著的房間中，蕪人就這樣突然死了？」

「是的，她面朝下倒在床下，胸口被巨大的柴刀刺穿。」

——**三獻其身**。

所有血文的內容，都應驗了。

「面朝下死掉啊……那時陌羽就在門外嗎？」

「是的，我一整天都在門外。就跟第二日深夜一樣，自千柚蠶離開醫療室，就再也沒有人出入了。」

「又是一樣的狀況……」

「不過，第三天的案件發生後，你和司馬焰的嫌疑也洗清了，所以我才能進來探望你。」

「因為即使我們被軟禁在這邊，『殘缺姬』的詛咒依然生效嗎？」

「沒錯。」

「狀況越來越詭異了……該不會『殘缺姬』的詛咒真的存在吧？」

「不，我想就結論來說，『殘缺姬』不存在。」

「咦？」

「『殘缺姬』根本就不存在。」

陌羽以堅定無比的態度說道：

「發生在蕪人身上的一切，都是有人刻意依循『殘缺姬』的傳說做的。」

「妳怎麼能如此肯定？」

「你忘了嗎？莫向陽。」

陌羽掏出懷中的小刀，摸著刀尖說道：

「我化身凶手、成為凶手——我是最善殺人的偵探。」

「也就是說……妳從案件中，感受到了人類的殺意？」

「是的，案件中確實存在著『凶手』，所以，一切都是人類所為，這根本不是什麼惡、惡靈作祟……」

越說越小聲的陌羽很可愛地哆嗦了一下。

「那麼，凶手為何要這麼做？為何要刻意依循『殘缺姬』的傳說殺人？」

分成三天殺害一個人，這不但大幅增加實行的難度，也增加了風險。

「而且，若是凶手不依循傳說殺人，對他還比較有利，因為我身為殺人犯的嫌疑就不會解除，我會成為他的代罪羔羊。」

這種不合理的行為，就像是——「凶手必須實現傳說」一樣。

「凶手這麼做，必定有其理由。」

陌羽的眼中隱隱閃現紅光。

「對他來說，『殘缺姬』的傳說是必要的。」

看著陌羽的模樣，我暗暗心驚。

被「凶手」的殺意感染、誘導，導致她快要進入「狀態」了。

要是在完全進入「狀態」前，我不化身成被害人，被殺人衝動支配的陌羽就要開始隨機殺人了。

「陌羽，妳別再深入案件了！」

我伸出雙手，按住她的雙肩。

「最後再告訴我一件事就好，在我昏迷時，有沒有發生什麼令妳在意的事？」

「有兩件事……」

陌羽的眼神逐漸失焦，就像是要失去自我意識。

「第一件事是：在第二天白天，也就是蕪人死去之前，虹之天和亞地有來探望蕪人，跟她說了一會兒話。」

「她們說了什麼？」

「在旁邊的千柚蠶應該會聽得更清楚，但我這邊只聽到了一點片段碎語，尤其是『殘缺姬詛咒的解咒法』這幾個字。」

「『解咒法』？那是什麼？」

「殘缺姬」的詛咒，是可以解開的？

「我不知道，沒聽清楚……」

陌羽的聲音，就像是夢囈。

「那第二個呢？」

「我不知道『殘缺姬傳說』在本次的案件中扮演怎樣的地位，但我認為它必定是關鍵。」

陌羽以恍惚的表情繼續說道：

「這是持續了十年的校園傳說，因為時間過於漫長，起源或許已不可考，但仔細想想很奇怪吧？**為何十年前的傳說，現在的學生幾乎人人都知道？**」

「沒錯……妳說得對……」

千柚蠶知道、虹之天知道、亞地知道——那時包圍我們的同學也全都知道。就像是理所當然一般，人盡皆知。

會有這種情況，那應該是——

「有人刻意地助長了『殘缺姬』的傳說……」

而且，這必定是這一、兩年的事。

「我試著問了路過的同學，她們是從哪裡聽到『殘缺姬』的傳說，結果，出乎我意料之外的，所有源頭都指向『兩個人』。」

「哪兩個人？」

感到已經逼近謎團核心的我趕緊追問。

但是，接著從陌羽口中吐出的名字，讓我驚訝的雙眼瞪大，急速增快的心跳，讓我差點要喘不過氣來。

「竟然……是那兩個人……」

這怎麼可能……不對，這樣很多事就想得通了。

「莫向陽，快點做好準備。」

陌羽的雙眼紅光大盛，一股逼人的寒氣從她身上散發出來。

「要是再不快點將事件解開，我就要開始殺人了。」

她伸出赤紅且小巧的舌頭，輕輕舔了一下銳利的刀鋒。

❖　❖　❖

一直以來，我都是扮演被害人，而陌羽則扮演凶手。

進入「狀態」的陌羽，會被我這個虛擬被害人所引領，以最為接近凶手的方式殺掉我。

我們重現整個案件的過程，藉由這種走鋼索似的危險方式破案。

「可是這次……沒時間了……」

時間不夠我去尋求蕪人的資料，讓我化身成被害人。

「所以，我只剩解開案件一條路。」

從頭開始思考吧，若這一切都是人類所為，那必定會有破綻。

「這次，我也不會死的……」

就像是想說服自己，我將緊握的拳頭抵在綁著繃帶的額頭上。

「我不會死的、不會死的、不會死的——」

疼痛提振了我的精神，我從書房的桌上隨便拿了一張紙，一邊寫一邊整理整個案件——

一、第一日，蕪人的雙手被割走，放在了石盒中。

二、第二日，在密室中，蕪人的雙腳被割走，放在了石盒中。

三、第三日，在密室中，蕪人面朝下趴在地上，胸口被柴刀刺穿。

「雖然看似很複雜，但寫出來後，會發現未解的謎其實只有一個——」

我將「第二日」和「第三日」圈起來。

「那就是第二日和第三日的『密室之謎』。」

這是人類不可能完成的做案法。

我也因此被視為犯人。

「但是……出入口只有一個，更別提門窗都是鎖著的，密室應該是成立的啊……」

或許應該換個想法，密室是成立的，然後蕪人其實是「自殺」——

一念及此，腦中彷彿出現了照亮一切的光明，但是這道光明一閃而逝，一下就消失了。

「不對，這不可能。」

第三天的死亡還勉強可以用自殺解釋。

只要用斷臂夾住刀子，抵住胸口後往下用力一撞——那就能自殺。

這應該極其接近真相。

畢竟蕪人的死亡方式很詭異。

——面朝下，胸部被柴刀所刺穿。

而且死亡的地點不在床上，是在地板上。

「但是，第二天的雙腳消失，僅憑一個人是做不到的，無法用『自殘』來解釋。」

因為——

「沒有手的人，是無法靠自己把腳砍掉的。」

唯一可能的方式是和第一天一樣。

藉助刀座立起刀子，然後雙腳用力往下一撞。

但那時我有注意到。

刀子上沒有沾到新的血跡，刀座也沒有使用過的痕跡。

而且若真的是用這種手法，雙腳也不可能自己消失，跑去殘缺姬的房間中。

「可惡……」

還是搞不清楚。

為了尋求新的靈感，我抬起頭來。

此時我注意到了，我眼前的書櫃，滿滿都是「殘缺姬」的資料。

學校新聞、學生日記、外頭的報導，甚至有老師或是學生製成的專題報告。

——我確實……是『殘缺姬』的奴隸……

「這是千柚蠶自己的興趣？還是另一個人格『小殘』做的呢？」

我不知道。

但這或許是對現在的我來說最重要的資料。

我伸手拿起一本名為《殘缺姬的詛咒和解咒法》的資料。

「虹之天和亞地談到的解咒法，究竟是什麼呢？」

殘缺姬的詛咒

打開殘缺姬的房間，獻上你的祈求，殘缺姬就會詛咒你所恨之人。

但是，你必須先付出代價。

首先，你的背會出現一閃而逝的血手印，這表示殘缺姬受理了委託。

接著，殘缺姬會分三天跟你收取代價。
第一天奪走你的手、第二天奪走你的腳、第三天奪走你的命。
但是別擔心，這悽慘的過程是有意義的。
因為你有多慘，你詛咒的對象就有多慘。
這三天的過程，會像照鏡子一般，完全反映在你所恨的人身上……

「這些都是我知道的內容……也是牆上血文的內容。」
也是蕪人這三天的遭遇。
「下一頁是『解咒法』是嗎？」

殘缺姬的解咒法
被詛咒的人，只要把自己好友的照片放入殘缺姬房間中的石盒，那他就會代你承受殘缺姬的詛咒，不但自身會死得悽慘無比，就連家人都會一同陪葬。

「意外地，解咒的方式不難……」
虹之天和亞地之所以探望蕪人，想必是要逼問她解咒法吧？
因為她們也明白，蕪人想要詛咒的對象，就是她們兩個。
不過……

即使蕪人快要死了，她們擔心的仍是自己。

這個世界，並非所有人都有惻隱之心呢。

「但是，就如陌羽所說。」

本次的案件，不存在惡靈和超自然的現象。

一切都是人類所為。

殘缺姬的傳說之所以在最近突然瘋傳，是因為兩個人不斷散播。

而那兩個人——

「就是『蕪人』和『司馬焰』。」

這讓我更加搞不清楚狀況了。

因為這兩個人助長殘缺姬的傳說，對她們一點好處都沒有。

蕪人完全就是受害者。

至於司馬焰也不可能是凶手。

第二天時她在醫療室門外熟睡，第三天時她被軟禁在千柚蠶的房間中。

「這個案件實在太異常了……」

感覺一切都繞著殘缺姬傳說而轉，但又有很多地方有微妙的脫節。

這種不自然的感覺真的很奇怪。

「快沒時間了……只能賭一把了嗎？」

我打開懷中的銀色名片盒，將裡頭的「D95」吃下肚。

「來吧！」

我彷彿聽到血管中的血液在奔騰！

將書櫃中的資料全部抽出，平鋪在地上。

「要是什麼都沒發現，那我就要死在陌羽刀下了。」

擴大的視野不斷捕捉上面的文字和資料，讓我將這十年的殘缺姬傳說盡收眼底。

這十年來，殘缺姬的傳說不斷細微調整，但是核心一直都大同小異。

詛咒從未斷絕。

幾乎每一年都有人利用這詛咒生事，只是從未像蕪人這次一般嚴重。

這也導致了即使經過這麼多年，殘缺姬傳說依然傳承不輟，歷久不衰。

但是，越往前翻，我越感到不對勁。

越是古老的資料，殘缺姬的傳說越簡略。

五年前的傳說，沒有血染的房間。

七年前的傳說，沒有關鍵的血文。

而這傳說的源頭，也就是十年前的那場大火——

「怎麼會……」

太可怕了。

「這、這也太……」

失去力氣的我「砰」的一聲坐倒在地。

我挖掘到的真相，遠超過我的想像。

我甚至想要拒絕看到這樣的真相。

「難怪『盲』……會叫我們來到這個地方。」

——這是一個由「盲」設計，必須花費十年才能成立的大謎團。

「確實，要不是漫長的十年過去，這個詭計不可能成立。」

構成一個案件，必定有一些基本要素：犯人、受害者、作案地點、作案時間等等。

理論上，這些要素缺一不可。

但是「盲」在平樂園中，運用了巧妙的手法，將「犯人」跟「受害者」這兩個要素拔掉了。

而這次——

「它把『一切的基礎』都拔掉了……」

我顫抖的手捏著一張十年前的剪報。

上頭寫著十年前發生在舊校舍的火災。

這場大火燒盡一切，所幸無人傷亡。

「無人傷亡、無人傷亡……」

沒有大火燒死女學生的事、沒有一雙手被留在現場——

「根本就沒有『殘缺姬傳說』啊！」

——唰！

激動的我一揮手，將所有資料掃開！

「打從一開始，就一無所有！」

有的唯有人類的惡意！

是人類因為好玩或是需要，才加油添醋，將傳說擴張成現在這副模樣。

有恨的人為了報仇所以利用這傳說。

有愛的人為了有趣所以在門上染上血手印。

有心生事的人為了找樂子所以在牆上寫上血文。

一開始時只不過是一場大火。

但是添加人類的惡意，經過十年時間的演化和孵育後，成了現在的怪物。

「哈哈……」

我不禁笑了起來。

「這三天我們所歷經的一切……到底算什麼啊？」

蕪人究竟為何而死？

我到底要挖掘出怎樣的真相？

——發生在蕪人身上的一切，都是有人刻意依循「殘缺姬」的傳說做的。

「但是，陌羽……傳說是假的啊，一切都是假的啊。」

——對凶手來說，「殘缺姬」的傳說是必要的。

「究竟是誰……？凶手知道根本就沒有殘缺姬嗎？」

需要一個虛構的傳說才能行事，凶手究竟想要達成怎樣的目的？

化身殘缺姬、成為殘缺姬——凶手成為了最虛假的傳說。

那麼，名為「殘缺姬」的他，究竟想要做什麼呢？

❖ ❖ ❖

殺人偵探的助手解不開真相。

不管怎麼思考，我都無法拼湊出事件的全貌。

於是，殺人偵探出場了。

「小焰，不管發生什麼事，都不要開門。」

我嚴正地告誡醫療室門外的司馬焰。

「可是，莫大哥……」

「總之聽我的話就是了，不會太久的，一下就會結束。」

我將門掩上，將司馬焰的話和擔心的表情關在外頭。

我的面前，是眼睛發出紅光，拿著刀子的陌羽。

進入「狀態」的陌羽會以最接近凶手的方式殺人，此時，我必須成為最接近「被害人」的人，來吸引、限縮陌羽殺人的目標。

「但這次，我無法成為被害人。」

我沒有足夠的時間調查蕪人，模仿她的思考和行動。

所以，我只好用物理的方式，限定陌羽能殺的對象。

在名為醫療室的密室中，只有我和陌羽兩人。

現在的情景，讓我想到了古代的競技場。

我不用擔心陌羽殺害其他人。

但是——

我也無路可逃。

「已經這麼多次了……」

不要怕，這次也一樣不會有事的。

「我不會死的……」

我緊握拳頭，藉著用力平復自己顫抖的手。

「至少這次比以前好，我能預測陌羽的攻擊。」

先是砍手、接著砍腳、再來刺我的身體。

「來吧，陌羽。」

告訴我真相。

凶手為何需要殘缺姬的傳說？

凶手為何要分三天殺害蕪人？

凶手是怎麼在密室中，無聲無息地割走蕪人的雙腳？

名為殘缺姬的凶手，究竟是誰？

「來吧，殺人偵探。」

在我因為緊張而縮小的視野中，我看到了陌羽舉起刀來。

宛如配合她的動作跳舞，我將自己的右手前伸。

「以我的肢體為祭品，吐出真相來吧！」

——銀光一閃！

「咦？」

只是，陌羽的舉動完全不照我的預想。

她的第一刀不是往我的手招呼。

也不是我的腳或是頭——甚至不是我身體的任何一處。

她瞄準的地方——

是自己的腳。

「等一下！陌羽！」

我趕緊衝進她懷裡，抓住她下揮的手！

「妳在做什麼傻事——嗚啊！」

陌羽的腳畫出一個小圓將我割倒，讓我仰天在地。

——砰！

就像踢足球般，她朝我的腹部踢了一腳！

「嗚——！」

躺在地上的我「唰」的滑過地板，重重地撞上放在牆邊的藥櫃！

下一瞬間——

無數的刀具和藥品從天而降！

我縮小的瞳孔，看到了無數亮晃晃的手術刀和畫著骷髏的藥瓶朝我身上招呼過來。

「嗚喔喔喔喔喔喔喔——————！」

我趕緊打滾閃開！

銳利的手術刀插入我剛剛躺著的位置，破掉的藥瓶也流出了足以融化地板的液體。

在我還來不及為逃出生天鬆一口氣時，陌羽再度揮刀——

這次的目標，一樣是她自己的腳。

——來不及了！

我和她這個距離，不夠我衝過去阻止她。

「看刀————————！」

進行豪賭的我，一把抓起地上的手術刀，朝陌羽的臉扔了過去！

如我所預料，陌羽反射性地低頭閃過。

趁著這段短短的空檔，我使盡全身力氣衝了過去，一把抱住她，用蠻力將她壓在牆上！

陌羽右手高舉刀子，就像是要朝我毫無防備的背一刀刺下去——

我繃緊身體，閉上雙眼。

進入「狀態」的陌羽，擁有高超的刀術，我每次光是為了不被殺掉就得竭盡全力。

但是這次好像不太一樣。

這次陌羽的目標似乎不是我。

彷彿眼中只有自己的腳，她執著地想要攻擊它！

——所以就算暴露要害給她也沒關係。

我不知道我這個猜測對不對，但這確實是魯莽至極的賭博。

若是賭對也就罷了，若是賭錯——

我馬上就會被陌羽刺穿啊！

——鋒利無比的刀子，就像閃電一般落了下來！

七公分、五公分、一公分——

我的背部甚至可以感受到刀鋒的寒意。

刀尖刺破了我的西裝外套、裡頭的襯衫，抵達了我的肌膚——

但就在這瞬間，它停了下來。

就像該砍的東西不是我，它凍結在半空中。

「呼、呼……」

邁過生死關頭的我不斷大口呼吸。

這時我才發現，我的雙腿在顫抖、頭上的繃帶也因為打鬥而脫落。

雖然一時之間壓制住了陌羽，但是事情還沒完。

——為什麼陌羽要刺自己的腳？

我運轉自己疲憊的大腦，不斷思考這個問題。

陌羽的行動，就是凶手的行動。

所以，只要看著她，就知道凶手是誰，凶手的手法是什麼——

「原來如此……」

我懂了。

「為什麼凶手需要『殘缺姬』的傳說，我終於懂了。」

宛如一道光線照進了腦袋，我恍然大悟。

解開真相的舒暢感，讓我不自覺地放鬆了身體——

——砰！

陌羽一把推開了我！

頭上的傷口淌下鮮血，讓我的眼前變得一片紅。

就在一片鮮紅的血色中，陌羽的刀子，再度往自己的腳刺了過去——

——人是無法保護人的。

不管我阻止陌羽幾次，她都會重複一樣的行為。

——只要努力就能讓他人幸福，不過是人們的誤會。

只要殺人衝動仍在，陌羽就永遠會像現在這般傷害自己。

——陌雪的死亡證明了，不管莫向陽做了什麼，全都是徒勞。

「但是，我依然想要相信——相信自己會永遠誤會下去！」
我毫不遲疑地朝陌羽衝了過去！
「不管重複幾次，我都會做出一樣的行為！」
所以，拜託了——

——「只要有我在，妳們一定會沒事的。」

讓我守住十年前，那個未達成的約定吧。

將排解完殺人衝動的陌羽留在醫療室裡頭，搖搖晃晃的我打開醫療室的門，走了出來。
我的右手，緊緊的按著左手。
「莫大哥，你沒事吧。」
司馬焰馬上迎了上來！
「嗚啊——你怎麼看起來這麼狼狽？身上的繃帶都掉了！」
「小焰……回答我的問題。」

「等一下！莫大哥，我們先去處理你身上的傷口──」

「回答我的問題！小焰！」

我朝著她大吼：

「妳為什麼要幫助『殘缺姬』！」

「…………」

司馬焰先是愣了一下，接著她低下頭，低聲說道：

「原來……莫大哥已經發現真相了啊。」

「是啊，我發現了，我從沒看過這麼瘋狂的計畫，也從沒看過這麼悲慘的凶手！」

「我也是……這麼覺得。」

「既然妳也是這麼想的，那妳就該阻止『殘缺姬』！妳明明是蕪人的好友，為何──」

幾乎要因為疼痛而暈倒的我，努力站著大吼：

「為何妳要眼睜睜地看著蕪人成為『殘缺姬』啊！」

我的推理其實已經很接近真相。

凶手就如我所推測一般，是「蕪人自身」。

之所以無法解明所有真相，是因為我犯下了一個大錯。

我忘了把殘缺姬的傳說考量進我的推理中。

──對凶手來說，「殘缺姬」的傳說是必要的。

「因為，她要藉著傳說『混淆事件順序』！」

首日奪手
次日削足
三獻其身

牆上的血文、放在石盒中的斷手斷腳，其目的都是為了同一個——

「那就是為了將『首日斷手，次日斷腳』這樣的順序，輸入到我們腦中。」

所以我才會想不通。

第二天時，燕人的雙腳為何會自密室中無聲無息的消失。

就算真的要自己割下雙腳，沒有雙手的她也無法做到。

但其實這是辦得到的，之所以認為不可能，只不過是我搞混了事件順序。

「其實，燕人在第一天時——

「就把自己的雙手雙腳都砍斷了啊！」

被迷惑的我一直搞錯了。

不是先斷手再斷腳，而是先斷腳再斷手。

事件的真相是這樣的──

一、蕪人待在醫療室中，將自己的雙腳用柴刀砍斷。

二、接著她利用刀座架好刀子，將自己的雙手用力往下一揮，砍斷自己的雙手。

三、用被單蓋住自己的身體，不讓自己沒有雙腳的事被發現。

四、第二天時，找個無人看到的時機發出慘叫，讓人發現她的雙腳不見。

五、第三天，趁獨自一人時將刀尖抵在胸口上，靠自己的體重往下一撞，完成殘缺姬的傳說。

所以，柴刀上才會只有蕪人的指紋。

因為從頭到尾，都是她一個人做的。

她自己完成了「奪手」、「削足」、「獻身」三道詛咒。

不管是「凶手」、「殘缺姬」、「被害人」──全都是蕪人一個人！

「但是，光是這樣是不夠的，蕪人還需要『協力者』。」

雙腳被砍斷時，需要先用液態氮冷凍傷口阻止出血，如此才能蓋上床單不被發現。

雙手被砍斷時，需要有人踢落架在刀座上的刀子，讓柴刀落到地上，不被旁人發現是自己砍斷雙手。

當雙手雙腳被砍斷後，還需要有一個人來運送斷掉的肢體，只要依序在第一天放入斷手、第二天放入斷腳，那就能加深目擊者的錯誤印象──也就更能混淆事件發生的順序。

「莫大哥，你的意思是，那個『協助者』就是我？」

「是的，只有妳有可能做到此事。」

「但是，莫大哥，你忘了嗎？第一天蕪人發出慘叫時，我可是帶你和陌姐跑到醫療室的人喔，若我是『協力者』，我又要怎麼在你之前跑到舊校舍，安置斷手呢？」

「那也是很巧妙的心理詭計。」

不過一點點的誘導，就讓事情看起來像是如此。

「小焰，妳『根本就沒有帶我和陌羽跑到醫療室』。」

──「莫大哥，你跑進去，右邊第一個房間就是了！」

「妳只帶我們跑到建築物外，並沒有跟著跑進來。」

但是因為前面的帶領，我們很容易就誤會妳應該跟在後頭。

想必那時的妳，應該是馬上轉身就跑，帶著不知藏在何處的蕪人雙手，進去舊校舍安置了吧？

只要這麼做，妳就一定能在我之前放好雙手。

「那麼，突然出現在蕪人背後的血手印是怎麼回事呢？」

「仔細想想，每次看到血手印的時候，妳必定在場。」

闕梅學院的制服是深藍色的。

「那是很好的投影布，只要用投影筆之類的東西，就能將血手印弄上去，而且也能讓它瞬間消失。」

按著左手的我往前踏了一步，但沒掌握好平衡，險些跌倒。

「小焰，妳知情一切計畫，妳毫無疑問是『協力者』。

「——蕪人之所以能成為『殘缺姫』，全都是因為妳！」

「…………」

聽到我的指認，司馬焰陷入深深的沉默中。

接著，可能是放棄掙扎，她抬起頭來，露出了平常的笑容。

「真是厲害，莫大哥，我雖有料到會被你看穿，但我沒料到會被看穿得如此透徹。」

「小焰……妳是『盲』嗎？」

「我不是，但這計畫確實是『盲』提供的。」

她咬著下嘴脣，就像忍受什麼地說道：

「他給我們的只有大綱，不管是『殘缺姫的傳說』、『殘缺姫的詛咒』、『殘缺姫的解咒法』，都是我和蕪人所編撰，也是我們刻意散布的。」

「妳既然是蕪人的朋友，為何還要協助『盲』完成計畫——為何不阻止蕪人？」

雖然幾乎解開了所有真相。

但「動機」是我唯一沒搞懂的部分。

蕪人這麼做，到底為的是什麼？為何司馬焰又願意當她的協助者？

「就是因為是蕪人的朋友，我才不阻止她。」

「……」

「就是因為是蕪人的朋友，我才願意當她的協助者。」

司馬焰一邊這麼說，一邊流下了淚水。

「莫大哥，你知道嗎？我比誰都還不希望蕪人死掉。」

就像是很不甘心似的，她緊握拳頭哭泣。

「什麼意思……？」

既然不希望，那為何還要協助她？

「莫大哥，你不覺得這世上存在著無法以法律制裁的人嗎？」

「所以妳的意思是……蕪人之所以這麼做，為的是報復虹之天和亞地？」

「沒錯，就是為了復仇，只要蕪人以這麼悽慘的方式死掉，那她們也會相信『殘缺姬的詛咒』是存在的事物吧？」

「僅僅是為了讓她們相信？就做到這種程度？」

「是的，不管我和蕪人做了什麼，我們的目的其實都只有一個——」

司馬焰露出熊熊燃燒的眼神說道：

「那就是讓所有人相信——『殘缺姬的詛咒是存在的』。」

「我還是無法理解……」

忍受這麼大的痛苦，甚至不惜砍斷自己的手和腳，為的不過是這個目的？

「莫大哥，看看虹之天和亞地吧，就算蕪人死了，她們依然一點愧疚都沒有，她們從不覺得自己是錯的，而且也不會有任何人懲罰她們。」

「就算如此又如何？這跟妳和蕪人的所作所為有關係嗎？」

就算她們信了詛咒又怎樣？她們不會因此良心不安。

蕪人的死亡，對她們來說毫無意義。

「當然有意義。」

司馬焰向我招手。

「莫大哥，這是最後了，和我一同見證蕪人……不。」

司馬焰搖了搖頭後說道：

「和我一起見證『殘缺姬』精心策劃的詛咒吧。」

❖　❖　❖

我和司馬焰來到了舊校舍。

我們本來打算要去殘缺姬的房間，但已經有兩個人先我們一步抵達了。

我們躲在後頭，偷偷地看著這一切。

「…………」

虹之天和亞地兩人，呆呆地看著殘缺姬房間裡的石盒。

「莫大哥，只要讓她們深信詛咒存在，蕪人的復仇就完成了。」

司馬焰指著她們的背影說道：

「因為，最珍惜自身的她們，會想要『解咒』啊。」

——只要把自己好友的照片放入殘缺姬房間中的石盒，那他就會代你承受殘缺姬的詛咒。

「莫大哥，你知道石盒裡頭的是什麼嗎？」

順著司馬焰的手指，我從遠方看到了那是什麼。

——那是為了解咒，而放進去的兩張照片。

「那兩張照片，是虹之天和亞地兩人的照片喔。」

「等一下，所以妳的意思是——」

「她們兩個，各自把對方的照片放了進去。」

就在司馬焰說出答案的同時，虹之天和亞地指著彼此開始大罵！

「妳這婊子，都忘了我們家給你們的恩惠嗎？」

「哈！總是高高在上的不是妳嗎？我早就看妳不順眼了！」

「我要回家跟爸爸說，這次一定要讓你們家死無葬身之地！」

「很好！要來就來吧！就看最後滅亡的是誰家！」

一切的布局，都是為了此刻。

——我的背後感到一片冰涼。

但是我不知道我是因為誰而感到恐懼。

是策劃一切的「盲」？
是實行一切的蕪人？
是協助一切的司馬焰？
抑或是這一切的一切？
不對，我害怕的其實是……
「莫大哥，真正完成復仇的，不是蕪人也不是殘缺姬。」
指著牆上的血文，司馬焰問我道：
「你認為，是什麼造就了殘缺姬呢？」

——殘缺姬是假的。
——殘缺姬的詛咒是假的。
——殘缺姬的傳說是假的。

之所以會演變到今天這個地步，全都是——
「真正制裁她們兩人的——」
看著抓著彼此頭髮打成一團的虹之天和亞地，司馬焰緩緩說道：
「是她們自己的惡意。」

就像是用眼前的情景弔唁死去的蕪人。

「殘缺姬的詛咒，至此全部完成。」

司馬焰露出彷彿能燒盡一切的眼神看著這一切，闔起雙掌拜了一拜。

終章之後

離開舊校舍後，再也撐不住的我倒了下來。

在我身旁的司馬焰一把扶住。

「莫大哥，你怎麼了？是傷口在痛嗎——嗚啊！」

看到我左手的她，大聲驚呼。

她會有這種反應也是當然的。

因為——

「莫大哥！你的小指頭呢！」

我的左手小指，就像原本就不在似的消失了。

「等一下，不只小指……」

她看向我一直跛著的左腳。

「該不會左腳也……」

「是的，左腳的小指也被砍斷了。」

「怎麼會這樣……」

稍加思索後，司馬焰馬上就明白了是怎麼回事。

「是陌姐砍的嗎！」

「…………」

我低下頭，沒有回應她。

為了消解陌羽的殺人衝動，讓她從「狀態」中出來，我只能這麼做。

——我將自己的左手小指和左腳小指都獻給了陌羽。

「陌姐怎麼可以這麼做！我去揍她一頓！」

為我燃起怒火的司馬焰，就想拖著我去找陌羽。

「小焰，不要這樣……這是我自願的。」

「自願的？」

「是的。」

我點了點頭後說道：

「在小焰心中，這世界只有對和錯吧？但這並非事實。」

也有人被逼著以既對又錯的生活方式存在，就像我和陌羽。

「蕪人的事，我不會指責小焰做得不對。」

——愛就要將自己的一切奉上，恨就要傾盡一輩子不原諒對方。

「為了愛蕪人，妳冒著成為犯罪者的風險在一旁協助她，甚至願意忍受『目睹她自殘，而自己什麼都不做』這件事。」

確實如妳所說，妳獻上了一切。

「為了恨虹之天和亞地，妳完成了『殘缺姬的詛咒』，徹底毀了那兩個人的人生。」

想必，妳一輩子都不會原諒她們。

「妳沒有錯。」

甚至可以說做得很好。

妳成功制裁了法律無法制裁的兩人。

「但是……」

只要死了，就什麼都沒了。

即使想道歉，也找不到人。

「憑妳的行動力，一定可以找到一個更好的方法。」

想起陌雪的我，忍不住問道：

「妳為何不想個能讓蕪人活下去的復仇方法呢？」

面對我的問句，司馬焰先是沉默了一會兒。

接著她看著天空，緩緩說道：

「因為蕪人不想活下去。」

「……」

我想起了蕪人之前曾說過的話。

——痛苦地活著，比死亡可怕多了。

「莫大哥，對她來說，可以藉著死亡把虹之天和亞地兩人的人生攪成一團亂，比什麼都還重要。」

司馬焰咬著下嘴唇說道：

「這是蕪人心中的正確——即使這可能不被任何人認同，但身為她的好友，我決定無條件支持她。」

「原來如此……」

我曾有一度誤以為司馬焰等同於正義。

但她其實不是。

她只不過是一團火球，強制性地把周遭的人事物點燃、擴大，一同燒毀而已。

所以，司馬焰沒有阻止蕪人的做法，僅是因為蕪人希望，她就成了她計畫的助燃劑。

所謂的正義，應是多數人認同的正確。

但司馬焰所擁有的正確僅屬於她自己——僅屬於她一個人。

那是名為「司馬焰的正義」。

「莫大哥，雖然我總是率性而為，但我從不強迫他人接受我的想法。」

司馬焰看著我，誠懇地說道：

「我會好好傾聽當事人的話，確定明白了他的想法後才行動。雖然我也很捨不得蕪人就此離開我，也知道有其他更好的復仇方式，但是既然她希望如此……我對這次的決定就絕不後悔——這也是為了不讓她的死白費。」

看著朋友慘死，若是一般人或許會從今天開始作惡夢吧，但是司馬焰一點愧疚之意都沒有。

她的表情很堅定，就像是深信自己前行的方向絕對不會錯。

終有一天，她或許會連自己也燒光吧。

但這才是司馬焰這個人的本質，也是她的魅力所在。

「莫大哥。」

可能誤以為我的凝重表情是另一個意思，司馬焰說道：

「若是你覺得蕪人做得太過，其實還有一個方法，可以挽救這一切喔。」

「……咦？」

聽到司馬焰這麼說，我十分驚訝。

都到這步田地了，還有挽回的手段？

「莫大哥，你雖然幾乎解開了所有的真相，但在最後，你還是漏了很重要的一件事。」

「我漏了什麼？」

「那個石盒——」

「——根本不可能『放入兩張照片』吧？」

「……嗯？」

不可能放入兩張照片？什麼意思？

空間應該綽綽有餘吧？

「不是空間的問題。」

「那是什麼問題？」

「其實，這是很簡單的邏輯而已。」

司馬焰笑道：

「若是虹之天先放了亞地的照片，亞地在放照片時就會發現裡頭已經有自己的照片吧？」

「啊……」

「既然看到了裡頭有自己的照片，那怎麼可能還會投入對方的照片呢？」

「沒錯……」

我竟沒想到這點。

仔細一想就會發覺，虹之天跟亞地她們，根本不可能放入彼此的照片。

「等一下，也就是說——」

想到真相的我驚懼地抬起頭，看向身旁的司馬焰。

「沒錯，就如莫大哥所想，石盒中之所以會有兩張照片——」

司馬焰撫著自己的胸口說道：

「是因為『那兩張照片都是我放的』。」

「也就是說……其實照片全都是妳放的，但虹之天她們卻誤認為是對方放的？」

「就是如此。」

司馬焰指向身後的舊校舍說道：

「莫大哥，只要你現在回頭告訴虹之天她們此事，她們被我擾亂的人生想必就會恢復正常吧？那麼，你是說還是不說呢？」

「……………」

在最後，司馬焰將選擇權交到了我手上。

若是我想否定蕪人的做法，那我現在就該回頭。

但是——

「我不會說。」

我搖了搖頭。

「這是她們應得的懲罰。」

就像妳說的，制裁她們的，是她們自己的惡意。

她們壓根沒想到，照片不會是彼此所放。

其實若是她們願意多設身處地為他人著想，相信彼此的友誼，蕪人的詛咒根本就無從生效——不，蕪人打從一開始就不會死，也不會用這麼激烈的手段復仇。

因為吞噬了惡意，才有了殘缺姬的詛咒。

但若是更相信彼此，這一切都不會開始。

一念及此，我不禁深深地嘆了口氣。

「小焰……」

「嗯？」

「只要是朋友所希望而妳也認同的事，妳就會義無反顧地幫助他，是嗎？」

「是的。」

「那麼……」

我看向她那彷彿寄宿著火焰的雙眼問道：

「若是哪天我希望，妳也會將我殺了嗎？」

「要是殺了人，我就不能向哥哥報仇了。」

「嗯……」

果然如我所料，司馬封是她的最後防線。

「但若是我之後愛上莫大哥，那就另當別論了。」

「…………」

「愛就要將自己的一切奉上。」

以燦爛無比的盛大笑容，司馬焰緩緩說道：

「為了你，我願意成為殺人犯，將自己的雙手染滿鮮血——

「我願意將自己的一生奉上——就算因為殺人變得亂七八糟也無所謂！」

那是充滿熱情的話語，彷彿散發著光芒。

我閉上眼，像是不忍目睹那股直率。

過了良久良久後，我說道：

「小焰，不管怎麼樣，我都希望妳不要殺人。」

因為，那是很難受的事情。

一輩子都忘不了。

不管醒著睡著，都會有著她的身影。

這才是真正的詛咒——毫無解咒法的詛咒。

「莫大哥的話……好像自己曾經殺過人似的。」

「是啊，我殺過人。

「陌雪，就是被我殺掉的。」

——咚。

一道輕響突然從我和司馬焰身後響起，就像是什麼東西掉到了草皮上。

我轉頭一看，結果看到了呆呆站著的陌羽。

滾落到地上的，是一捲繃帶。

她是想來幫我包紮傷口嗎？

「陌羽，等一下——」

我本來想解釋，但此時，另一個異變發生了。

「嘻……」

一道毫無溫度的輕笑聲響起。

我們三人同時轉頭向笑聲的方向看去——

「怎麼……會……？」

看到眼前之人後，我、陌羽、司馬焰就像被凍住一般僵在當場，完全動彈不得。

——殘缺姬是假的。

——殘缺姬的詛咒是假的。

——殘缺姬的傳說是假的。

我們本來都是這麼認為的。

「嘻嘻……」

但是，此時站在我們面前的，是一位穿著白袍、沒有雙手——

——宛如殘缺姬的女性。

「妳是……『殘缺姬』嗎？」

等到我發覺時，我已經將問題問出口。

聽到我這麼問，她輕輕點了點頭後，轉身緩緩離去。

過於震驚的我們，並沒有做出任何行動，就這樣默默地看著她消失在樹林中。

——要是這時有做什麼就好了。

事後的我，不斷懊悔地這麼想。

這時的我還不知道。

殘缺姬的詛咒確實是存在的。

殘缺姬的傳說，也有著不可告人的深意。

我犯了一個很大的錯誤，那就是太快武斷地認定：「殘缺姬」是不存在的東西。

要是我能早點發現真相——

說不定「殘缺姬」就不會在幾天後，被千柚蠶殺死了。

殘缺姬

chapter 07 新的殘缺姬詛咒

下雨了。

淅瀝的雨聲和轟隆的雷鳴聲，將我從睡夢中喚醒。

我從躺椅上坐起身來，只覺得全身劇痛。

眼前的視線一片模糊，身體和喉嚨也彷彿有火在燒。

「水……」

我起身想要拿水，但還不習慣失去腳趾的我觸動傷口，「砰」的一聲跌倒在地。

「嗚啊……」

我感到眼冒金星。

躺在地上的我看了看時間，現在是學校封閉之後的第三天晚上八點。

在目睹殘缺姬出現後，各方面都再也撐不下去的我倒了下去。

我環顧四周，周遭書櫃林立，在我昏迷時，我似乎又被抬回了千柚蠶的書房中。

「痛……」

被虹之天打出來的傷口很痛、左手跟左腳小指處也劇痛異常。

我向天空伸出左手，看著自己空空如也的小指處。

雖然早有覺悟，但看著自己本該有的肢體就此不見，還是覺得不可思議，甚至有一種這隻手「不是我的」的錯覺。

「救援應該快到了吧？」

好消息是，雖然雜訊很多，但對外的通訊總算恢復了，從現在起，我們終於能使用手機進行聯絡。

在外頭的司馬封跟我們保證，明天晚上一定能打通落石，進行正式的救援。

若只是要再撐一天，那我的傷口應該還不至於惡化得太嚴重。

雖然千柚蠶已經幫我包紮好了，但在醫療設備缺失的情況下，還是沒辦法讓我得到完全的治療。

要是之後傷口化膿或是感染就糟糕了。

不，其實說不定已經是如此了，所以我才發起這樣的高燒。

不過為了復仇，蕪人也真是堅決，實際體會過一次她的行動後，就知道這是多麼痛苦的事，更別提她是自己砍斷腳和手的。

若是為了陌羽，我能做到這樣的地步嗎？

「對了……陌羽……」

一念及她，我掙扎著爬起身來。

——陌雪，就是被我殺掉的。

竟然讓她聽到最不該聽到的事情，不知道她現在如何了？

但是不管我怎麼努力，我都站不起身。

「我得去才行……」

殘缺姬的事件還沒結束。

「盲」也還不知道躲在哪兒。

我得代替陌羽行動和分析案件，得去守護陌羽——

「我得去贖罪才行……」

——一股大力突然將我拉了起來。

伸出的手在這瞬間有了實感。

有人握住我的手，將我拉起身。

「咯、咯、咯——」

我抬起頭，看到了司馬焰，不——這感覺……

「『盲』……」

「莫向陽，很開心又見到你。」

「司馬焰」露出完全不像她的笑容說道：

「好心的我，來送殘缺姬的線索給你囉。」

❖ ❖ ❖

這真是一個奇怪的狀況。

我和「盲」並肩坐在客廳的沙發上。

「來～～水給你～～」

她笑吟吟地遞上此時我最需要的東西，順便附上一個和藹可親的笑臉。

「盲」的這道淺笑，完全不像是愛恨分明、行事激烈的司馬焰會露出的笑顏，但是除此之外的地方，不管是身高、長相、聲音、打扮、氣質，都跟司馬焰本人一模一樣。

「真是惡趣味啊……」

故意每次都以司馬焰的樣子出現在我面前。

「咯咯──說不定我是她失散已久的雙胞胎妹妹──司馬霜啊。」

她故作俏皮地用手指做出一個V字型，擺在眼睛旁。

「……司馬封明明說他只有一個妹妹。」

「誰知道呢？說不定司馬焰會分裂生殖啊。」

「別把人家的妹妹說得像是單細胞生物一樣。」

我一邊說一邊把眼前的水喝下肚。

「喔喔！客倌真爽快！」

──啪啪啪！

「盲」像是陪酒的一般在旁鼓掌。

「反正妳不會親自殺人，我也不用害怕。」

都到這地步了，對我下毒也沒意義。

「我是不會下毒……」

「盲」輕輕笑道：

「但我可沒說我什麼都不做喔。」

一陣清涼感從身體深處竄起，壓下了內部的高溫。

「咦……」

我看著自己的身體。

本來搖晃的視野穩定了下來，幾乎要壓垮全身的疼痛感也稍稍減輕了些。

「是不是該跟我說聲謝謝啊？」

「盲」露出燦爛的笑容。

「……………謝謝。」

雖然很不甘心，但該謝的還是得謝。

不過她到底是給我喝了什麼？效果也太好了。

看來她是個醫生的傳聞並不是假的。

「我不只是醫生。」

看穿我思考的「盲」繼續說道：

「我也是好人喔。」

「好人嗎……總覺得這詞從妳嘴中說出來就有些諷刺。」

總是躲在背後策劃殺人的「盲」，真能算是好人嗎？

「『救十人，殺一人』，若單純以數量來說，我救的人也遠多過於因我而死的人。」

「不能單純以數量來定義好人與壞人吧？」

若是真的能這麼做，那所有醫生都有合理殺人的權利了。

「那麼，在你眼中，怎樣算是善，怎樣又算是惡呢？」

「……我不知道。」

「要不是我，虹之天跟亞地會被制裁嗎？」

「應該……不會吧。」

「其實，這就是司馬焰曾說過的，若今天有個殺手，他能殺掉法律無法殺掉之惡人，那麼這個殺手是善？還是惡呢？」

「盲」彎下身子，以期待無比的表情打量我的臉。

看著她那期盼答案的表情，我說道：

「這樣的殺手，我想他毫無疑問的是善吧。」

我的內心深處，一定也是期盼虹之天她們被制裁的。

所以我才沒有將照片的真相告訴她們。

但是——

「妳又要怎麼肯定，殺手殺的人，百分之百是該死的惡人？」

如果被殺的人有隱情怎麼辦？如果被殺的人其實是被誤解的又該如何？

「妳絕對不會犯錯嗎？能保證不會判斷錯誤嗎？」

「盲」的做法沒錯——但也肯定不是完全正確的東西。

「妳為何能以一己之力，決定人的生死？」

我雙眼直視「盲」那盈滿笑意的雙眼說道：

「我又要怎麼明白，妳是不是因為享受這段過程才這麼做的？」

若妳是「絕對正確的存在」，那妳這麼做就是善。

「但是，妳不過是『混沌』罷了。」

躲在他人的盲點之中，活在黑暗之中的生物。

妳還不夠格斷定他人的人生。

「很棒的回答。」

完全沒有被我的話語動搖的「盲」笑道：

「那麼，下一個問題，你會怎麼回應我呢？」

「盲」站起身來，咯咯咯地笑了幾聲後說道：

「你認為——

「——陌雪是好人還是壞人呢？」

「————！」

就像被雷打到！

我張開嘴，想要第一時間回答「盲」的問題，但是不管我多努力，我都無法吐出話語。

——**「向陽……」**

渾身染滿血跡，拿著刀子的陌雪就像幽靈一般浮現在我面前——

——**「為何……你要這麼做……」**

「陌雪是好人！」

就像是希望自己也相信，我抱著頭大喊：

「她是純淨無垢的存在，她什麼錯都沒有！」

傷口再度產生劇烈的疼痛，我感到胃裡一陣翻滾。

「嘔……」

我摀著嘴，努力不讓自己吐出來。

「錯的是我……一切都是我。」

要是我處理得更好，陌雪就不會因我而死了。

「看來現在揭開真相，對你來說刺激還是太強了啊。」

「盲」站起身來，以燦爛的笑容道：

「不過，等到陌羽想起十年前的一切後，我會再以盛大的計策招待你們的。」

「等一下……『盲』。」

我喊住她問道：

「妳到底是什麼人？」

「我是十年前也在現場的人。」

「妳也在……？」

我先是愣了一下後，大聲說道：

「怎麼可能！陌雪死掉的那天，除了我和陌羽之外，不可能有其他人在的——」

「你忘了嗎？莫向陽。」

像是很愉快似的，「盲」笑道：

「我化身盲點、成為盲點——我是最善說謊的凶手。」

「……」

「一切都是真的，也一切都是假的。」

將一張舊剪報留在桌上後，她走到門旁邊。

「這個世界沒有善也沒有惡，有的唯有人類因情感而相信的善。」

「所以，妳想說……妳是善嗎？」

「我不知道我是不是善，但我拚命地救助人類，也全身心地投入人類殺害人類的戲碼中。」

「盲」的雙眼，亮出小孩子般的純真光芒。

「我想，我比任何人都喜歡人類吧？」

「妳——」

看著她那純粹如白紙的笑容，我不由得顫慄。

我不知道該給予這個人怎樣的評價。

她既非善也非惡，既非敵人也非朋友。

她不過是個盲點——一個永遠無法見到的盲點。

既然看不到她，那就無法理解。

那麼，對無法了解的事物，心生畏懼也是當然的。

「桌上那份剪報是真的喔，是被這所學院第一時間壓下的報導。」

「……妳怎麼那麼好心，主動提供線索給我？」

「因為我很期待啊，莫向陽。」

「盲」再度發出咯、咯、咯的笑聲後，打開了房門。

「我很期待你和陌羽在得知殘缺姬的真相後，會採取怎樣的舉動。」

「這次一樣不要死喔，莫向陽。」

隨著語音一落，她關上門。

房間再度恢復寂靜，就像她從沒來過一般。

我將身體靠在身後的沙發上，只覺得全身脫力。

和「盲」談話不過短短幾分鐘，就讓我有種全力搏鬥半小時的錯覺。

「真是的……」

我拿起「盲」留下的剪報。

先不要去管十年前的事吧。

「要是再不專心點，說不定我和陌羽會被殘缺姬吞噬掉啊。」

「盲」留下的剪報，是十年前的剪報——也是至今為止從沒看過的資料。

這場大火燒盡了舊校舍，所幸無人傷亡。燒毀的地方留下了一點彷彿手骨的東西，但量極其微小，根本無法判別是否是斷手燒掉後留下的事物。

事後在清理時，發現了地上的一則血文。

首日奪手。

次日削足。

三獻其身。

殘缺姬將死而復生。

因為過於讓人不適，所以清理人員迅速地擦掉了。

「原來，這才是十年前的真相。」

跟流傳到現在的傳說有微妙的不同。

「也就是說，殘缺姬原本並不是用來詛咒他人的東西？」

若是單純的依內文解讀……

「只要找個祭品，依序獻上手、足和身體——」

——轟隆！

電光一閃！外面的雷聲突然大響！

「那麼……」

我說出了連自己都感到詭異的結論。

「殘缺姬就會死而復生？」

❖ ❖ ❖

『討厭啦……莫大哥！』

手機中傳來了司馬焰的訊息。

『人家剛剛看到一個跟我長得一模一樣的人，這是不是傳說中的「二重身」？這真的讓人好害怕喔，要是今晚怕到睡不著該如何是好？』

我說啊，妳的簡訊怎麼微妙得變得有些嬌氣？妳是那種網路和現實剛好相反的類型嗎？

「那個是妳的雙胞胎妹妹。」

我姑且這麼回了。

『妹妹？雖然我確實很想要，但我記得我似乎沒有啊？』

「但她就是妳妹妹沒錯，名叫司馬霜。」

『一定是哥哥偷生的，對吧？那個到處拈花惹草的傢伙！』

「不……不管是從時間還是生理構造看，司馬封都不可能生出妳的雙胞胎妹妹吧。」

『那果然是看到自己就會死的那種都市傳說吧？沒想到我的人生這麼快就走到盡頭，真是太遺憾了……』

司馬焰傳來一張可愛的哭臉後說道：

『莫大哥，勞煩你將我的遺言傳給哥哥，就幫我跟他說——

「作鬼後我依然恨你。」』

「………………」

我將訊息關起來，不再理會司馬焰。

有機會一定要問清楚這對兄妹的恩怨究竟是怎麼回事，但現在很顯然不是合適的時機。

——轟隆！

外頭的雷雨不斷。

跟「盲」見面後，我翻閱千柚蒐集的資料，結果發覺十年前的資料嚴重缺失。

從中我可以得知一個結論：十年前的大火是存在的，而在那大火中一定發生過什麼事。但因為「某種因素」，詳細狀況被隱蔽在黑暗中，然後大家各種穿鑿附會，變成了蕪人她們流傳的殘缺姬傳說。

「但是……雖然本質不同，但基本是相似的。」

我看著那張「盲」留下的剪報，即使過了十年，上頭留下的血文內容基本上跟現在沒有太大差異。

「或許……有人在暗中操弄一切？」

——「我確實……是『殘缺姬』的奴隸……」

我的腦中浮現出千柚蠶的臉龐。

「咦……似乎不太對勁？」

猛然想到破綻的我冷汗直流。

蕪人的詭計，其核心在於「混淆順序」。

她把自己的手腳同時砍掉，然後用床單蓋住，佯裝腳還存在。

但為她雙手實行治療的千柚蠶，怎會沒發覺她的腳已經不見了？

是疏忽了嗎？不可能，她還為蕪人輸血和麻醉，照常理來說，必然會發現如此明顯的事實。

「原來……共犯不只一位啊。」

不只司馬焰，千柚蠶也是知情一切之人。

那麼，有關十年前的大火，她應該知道些什麼才對。

終於找到突破點的我站起身來——

「嗚……」

我感到頭暈目眩，要不是馬上手扶牆壁，腳步不穩的我就幾乎要跌倒。

身體狀況似乎比我想得還糟。

——轟隆！

雷聲再度一響！

隨著電光照映，窗外出現了兩個熟稔的人影。

「……陌羽和千柚蠶？」

這兩個怎麼會站在中庭？

我抓起西裝外套披在身上，悄悄地走出千柚蠶的房間，躲在她們看不到的暗處，偷看這一切。

在下著大雨的暗夜中，陌羽和千柚蠶彷彿對峙一般面對彼此。

陌羽撐著她一直帶著的紅邊黑傘，至於千柚蠶則站在花壇中的涼亭。

「特地約我到這邊有什麼事嗎？陌羽同學。」

「千柚蠶。」

陌羽以淡然的語氣說道：

「妳就是設計這一切的人，對吧？」

「我聽不懂妳在說什麼。」

「妳是實行治療的人，那在第一天時，妳怎麼會沒有發現蕪人的雙腳不見了呢？」

陌羽提出了和我一樣的疑點。

面對陌羽的疑問，千柚蠶露出完美的笑容答道：

「我完全沒發現這件事。」

「擁有醫生執照的妳，疏忽此事是不可能的。」

「那麼，就是我的人格在那時轉換成『小殘』，所以喪失了那段時間的記憶。」

「…………」

陌羽輕輕皺了皺眉頭。

「……妳真的有雙重人格嗎？」

「至少我覺得我有。」

「我在不斷調查後，發現了許多怪事。」

「比方說什麼？」

「在蕪人死之前，妳似乎多次找她密會？」

「我是她的導師，找她談功課或是事務聯絡，很正常吧？」

「但是，有關殘缺姬的詛咒，她似乎是從妳那裡聽說的。」

「是這樣嗎？」

「是這樣，因為我跟莫向陽親耳聽到了。」

——「千柚蠶老師跟我說了……殘缺姬會幫助我的。」

「殘缺姬的詛咒可是全校皆知啊。」

千柚蠶沒有動搖，她繼續以完美的笑容說道：

「即使她說了這句話，那也不能代表什麼。」

「那麼，這個如何呢。」

陌羽深吸一口氣後，繼續說道：

「據我的調查，十年前，妳是『闕梅學院』的學生。」

「沒錯。」

「在舊校舍的大火發生前，妳失蹤了約莫一個月的時間。」

「…………」

可能沒想到會被查到這個吧，千柚蠶收起了臉上的笑容。

「那一個月，妳在哪裡，又做了什麼？」

「這是我私人的事情，沒必要跟妳說吧。」

「十年前的事，現今幾乎都查不到了，簡直就像有人刻意將這些紀錄消除掉，妳不覺得嗎？」

「年代久遠，遺失一些情報也是當然的吧？」

「不，這所學校建校五十年，更加古老的資料都還查得到，反而是十年前大火事件的相關資料消失得一乾二淨，不覺得這實在很突兀嗎？」

「……」

「在妳畢業後，妳當上了『闕梅學院』的老師，這十年中，鬧出了許多殘缺姬的事件，但是為何——」

陌羽以她那平靜無波的雙眼看著千柚蠶說道：

「為何不管是哪個事件，都有妳的身影呢？」

「…………」

「有的時候是醫生、有的時候是協調者、有的時候是目擊者、有的時候是線索提供人。」

——轟隆！

電光在此時照亮了陌羽那冷淡的面容。

散發逼人寒氣的她，逼前一步問道：

「妳幾乎參與了所有有關殘缺姬的事件，這是為何呢？」

千柚蠶露出吃驚的神情，而我也是。

因為陌羽現在的行動，很不像她的作風。

殺人偵探不分析事情、不搜查線索，她只會憑著感受殺意，化身凶手來破案。

但此時她不但約千柚蠶出來見面，還主動探訪線索，藉著分析壓迫嫌犯。

這種做法，簡直就像——

「原來如此啊……」

此時，千柚蠶露出了一個意味深長的笑容，走到了雨中。

吸滿水的瀏海垂下，微微遮住了千柚蠶的目光。

她臉上的笑容不像她平常的笑容，也不像「小殘」那般詭異。

這是她的真面目？還是又是她的另一個人格？

「妳是想代替莫向陽嗎？」

聽到千柚蠶這麼說，始終面無表情的陌羽露出動搖的神色。

「我、我不是……」

「模仿他的行為，妳是想填補他的空缺來贖罪嗎？」

她以似笑非笑的表情說道：

「但是妳要明白——

「不管妳做什麼，莫向陽失去的手指和腳趾都接不回去了。」

——轟隆！

雷聲再度響了起來！

陌羽低下頭，不再言語。

過了良久，她才輕聲說道：

「我明白、我都明白……」

瀏海遮住了陌羽的面龐，使得我看不清她的表情。

「我明白不管怎麼贖罪，都是沒有意義的事情……」

她的話語帶著一絲軟弱，這是我從沒聽過的陌羽聲音。

「我無法保護他、無法為他治療、無法靠在他身旁——我甚至連不傷害他都做不到。」

淅瀝淅瀝的雨聲連綿不斷，就好像是某種哭泣聲。

「當我看到司馬焰和他相倚而睡時，我突然起了一個想法——」

陌羽抬起頭，緊咬著下嘴唇說道：

「『莫向陽真正該待的地方，或許是那個地方才對』。」

伸出微微顫抖的手，陌羽緊緊按著自己的胸口。

「當我心中冒出這想法的瞬間，我感到胸口疼痛異常，這是我人生中第一次如此，我完全搞不清楚這是怎麼回事。」

陌羽並沒哭，甚至連哭臉都沒有。

但是我總有種她已經哭了的錯覺。

「他身上的每道傷痕都由我所刻下，不管我怎麼掙扎，結果都沒有改變，我日復一日、年復一年地讓他變得殘破不堪。」

幾滴雨滴從傘上滴落，落到陌羽雪白的臉頰上。

「所以，我才想趁著他受傷時行動，什麼都無法為他做到的我，至少能代替他調查案件吧？若是能以分析的方法查出真正的犯人，或許——」

晶瑩剔透的雨水從陌羽的臉頰上滾落。

「或許他就不用再因我而受傷了……」

我緩緩閉上雙眼，將背靠在牆上。

總覺得漫布在身上的疼痛，似乎不再那麼難以忍受。

陌羽，或許我們的關係永遠無法改變。

如果妳恨我，妳會想殺了我。
但若是妳愛上我，妳也一樣會殺了我。
妳只能傷害我，甚至終有一天我的性命會被妳奪走。
但是，希望妳明白，即使如此——
我也願意永遠當妳的被害人。
「真是扭曲的關係啊。」
千柚蠶收起臉上的詭異笑容，恢復了原先的表情。
看來，她剛剛的表情是某種為了搶回話語主導權的行為。
「照這樣看來，莫向陽和我還真像呢。」
千柚蠶輕輕嘆了一口氣後說道：
「我們有著比生命還優先完成的事物，並且從不為自己的行動而後悔。」
嬌小的她走過了漫天大雨，仰頭直視陌羽的雙眼。
「如果不想要像我這般走到無可挽回的壞結局，就試著去『解開真相』吧。」
「『解開真相』……？」
「解開他為何總是說謊、解開他為何甘願為妳受傷——解開他在妳心中是怎樣的存在。」
就像個老師般，千柚蠶踮起腳尖來，輕輕拍了拍陌羽的頭。
「妳這一生從未解析過任何真相，僅是憑著殺人衝動奪得一切，但若妳重視莫向陽，現在就是妳這個殺人偵探該行動的時候了。」

露出和善的笑容，千柚蠶輕輕說道：

「這是妳必須持續一輩子的任務，也是妳必須獨自一人完成的課題。」

「嗯……」

「把莫向陽當作犯人，好好地觀察他、解析他——

「最終，把他抓住吧。」

這真的是很奇妙的情景。

在雨織成的帷幔中，千柚蠶輕輕撫著陌羽的頭，而陌羽也毫不抵抗地接受了。

與其說她們是敵人，我倒覺得更像是師生。

「最後為了獎勵妳的調查，我給妳部分真相當作報酬吧。」

千柚蠶離開陌羽身邊，回到了雨中。

「就如妳所料，蕪人所知道的殘缺姬傳說，全都是由我跟她說的。」

握著胸前的斷手銀飾，千柚蠶說道：

「我早就知道她對虹之天和亞地的恨，於是我刻意捏造了殘缺姬的詛咒，並教導她如何利用已經存在的血文。」

瀏海蓋住大半臉龐的千柚蠶，露出了帶著些許陰氣的笑容說道：

「我誘導她實行了一切，要是沒有我，蕪人根本不會斷手和斷腳，也不會死得如此悽慘。」

「……妳果然如我所想，是操弄一切的人。」

「不，我不是，我不過是『殘缺姬』的奴隸罷了。」

千柚蠶雙手張開，像是很開心地說道：

「能操弄這一切的人，唯有『殘缺姬』！」

真是個奇怪的人。

才剛覺得她應該是個好老師，她的行動就開始變得癲狂起來。

這副模樣，簡直就像是——

「『雙重人格』……」

隨著這聲喃喃自語，我的腦中突然冒出了一個想法——

說不定「千柚蠶和殘缺姬其實是同一個人」？

既然她變成「小殘」時不會留下記憶，那或許所有和殘缺姬有關的事，都是「小殘」做的？然後千柚蠶本人不知情？

可是，總覺得這樣也不太自然……

雙重人格的患者會有個明顯的切換點，就跟開關一樣。

但是千柚蠶沒有，總覺得她想換就換，一下變得詭異、一下又恢復正常。

而且這次的小殘又跟上次我們看到的不太一樣。

「蕪人的死是有意義的。」

千柚蠶以陰森的語氣說道：

「就是把她當作活祭品，殘缺姬才能死而復生。」

「無法理解。」

陌羽輕輕搖了搖頭說道：

「人死不能復生，我無法理解妳在說什麼。」

「她已經復活了，你們不是看到了嗎？」

露出與殘缺姬無比相似的笑容，她緩緩說道：

「你們不是有看到一位『失去雙手的美麗女性』嗎？」

——一陣惡寒從背後爬了上來。

所以，我們今天白天看到的女子……就是復活的殘缺姬？

「吸收了蕪人的手，『殘缺姬』得了骨；吸收了蕪人的腳，『殘缺姬』得了肉；吸收了蕪人的命，『殘缺姬』得了靈魂。」

千柚蠶仰天大笑道：

「但是還不完全，殘缺姬失去的雙手依然還未歸來，只要再一個祭品，『殘缺姬』就能完全復活。」

——轟隆隆！

雷聲再度大作，像是要把這世界劈裂一樣！

「來吧！依照血文的內容，將我這個祭品收下吧！」

千柚蠶平舉左手！

「首日奪手、次日削足——」

隨著千柚蠶的大喊，一道白影從大雨中現身！

「以千柚蠶的性命為代價，死而復生吧！」

——唰！

銀光一閃！

快得讓我以為是電光！

一個穿著白袍的嬌小女性突然從雨夜中現身。

沒有雙手的她，手腕上纏著繃帶。

她嘴上咬著小刀，刀刃上染著血跡。

——啪答。

千柚蠶的左腕齊腕而斷，落到了地上。

失去意識的千柚蠶，「砰」的一聲倒在了地上。

「…………咦？」

突如其來的變故，讓我和陌羽都來不及反應。

直到下一道雷聲響起，我們才回過神來，並且發現了一個再明顯不過的事實——

千柚蠶的左手被砍斷了。

新的殘缺姬傳說，就此揭開了序幕。

「…………」

殘缺姬緩緩抬起頭來。

遮住她面孔的頭髮就像簾子一般緩緩分開。

「怎麼會……」

看到她面孔的我，因為過度震驚而天旋地轉，差點因此而暈倒。

若是奇醜無比或是沒有五官，我可能還不會那麼吃驚。

「怎麼可能有這種事……」

殘缺姬的頭髮直達至腰，皮膚白皙透明得就像從不外出。

她穿著一襲白色的洋裝，裙襬的部分點綴著砍下千柚蠶左手後噴濺出的血跡。

不管是長相還是身材都稚氣無比，活像個中學生，但是雙手手腕的部分空空如也，什麼都沒有。

「『殘缺姬』竟然、竟然──」

長得和千柚蠶一模一樣。

chapter 02

消失的距離

這次，殘缺姬並沒有逃跑，她放下了割斷千柚蠶左手的小刀，乖乖地束手就擒。

我趕緊將司馬焰叫來幫忙，在被其他學生看到這血腥的場景前收拾了現場。

好在雨下得很大，中庭的血跡很快就被沖洗乾淨。

千柚蠶遭到斷手後，馬上就因為劇痛而暈倒了，至於殘缺姬則是一言不發，不管我們問她什麼問題，她都保持沉默。

仔細看過之後會發現，除了少了雙手外，殘缺姬長得跟千柚蠶真的一模一樣，不管是身型還是五官，都像是同一個模子刻出來的。

這種相像，為已經很詭異的現狀更添加了一絲詭譎。

不過就算她什麼都不說，千柚蠶的左手也確實是由殘缺姬砍斷，這是我和陌羽親眼目睹，不可能有錯。

要怎麼處理她這個現行犯成了頭痛的問題，而且——

「首日奪手……」

從蕪人的事件來看，這句話指的是奪取雙手。

殘缺姬只砍了左手，或許接著還會砍掉千柚蠶的右手也說不定。

在與陌羽和司馬焰談過後，我們下了一個決定。

——在救援到來前，先暫時將兩個人隔離開來。

千柚蠶躺在蕪人死亡現場旁邊的一間醫療室，由我看守，至於殘缺姬則關在舊校舍的血文房間中，由司馬焰和陌羽看守。

至於為何這麼做，是因為這兩個地方是學院距離最遠的地方，剛好位於對角線。

就算以最短路程全力奔跑，也要五分鐘才能抵達。

「今天是……來到學院後第三日？」

發生的事情太多，都有點喪失時間感了。

現在是第三日的深夜，在醫療室中，我與千柚蠶獨處。

在她受傷後，我模仿她那時對蕪人的做法，用急速冷凍的方式封住了傷口，並用繃帶和止血繩包住，再佐予輸血維持她的生命。

俗話說的好，久病成良醫。

常受傷的我雖不是醫生，但也習慣治傷了。

「稍微整理一下現狀……」

第三日的凌晨，蕪人自殺死去。

第三日的中午，我和陌羽關在醫療室中進行殺人模擬，解開了蕪人案件的真相。

第三日的下午，我們一同看到殘缺姬。

第三日的晚上，重傷的我醒來，看到千柚蠶和陌羽對話，緊接著殘缺姬出現，用嘴巴咬著鋒利小刀割斷了千柚蠶的左手。

現在——也就是即將到達第四日的深夜，我坐在重傷的千柚蠶床前。

「旅行社的行程都不會排得這麼密吧……」

我深深嘆了一口氣。

此時，也不知道是哪個動作驚動到了千柚蠶，她緩緩睜開雙眼，和我四目相對。

「妳醒啦？千柚蠶老師。」

我將雙手抵在下巴，嚴肅地問道：

「我有好多問題想問妳，希望妳能好好回答——」

「嗚……」

「嗯？」

「嗚嗚——」

她嘴巴一癟，嚎啕大哭！

「嗚啊啊啊啊啊啊啊啊啊啊啊啊啊啊——！」

「…………」

我不禁啞然。

「嗚嗚……左手好痛。」

「等一下，現在是怎麼回事……」

有些手忙腳亂的我看著淚眼汪汪的千柚蠶。

這傢伙怎麼又變成另一人？這又是哪個人格？

「救救小殘，讓小殘左手不要痛痛……」

千柚蠶說話的方式就像個小孩子。

「等一下，小殘？」

我按著額頭說道：

「小殘不是那個很詭異的人格，自稱是『殘缺姬奴隸』的那個嗎？」

「小殘不知道大哥哥在說什麼……小殘一直是這副模樣啊。」

千柚蠶睜著一雙無辜的眼神，看起來實在不像是演戲。

稍稍思索後，我很快就明白了是怎麼回事。

「原來如此……我被騙了啊。」

我想起千柚蠶在雨中那詭異的微笑，以及她和陌羽對話的情景。

那個奇異的人格收放自如，沒有任何切換點和切換時機，「感覺就像同一人」。

事實上，那就是同一人。

千柚蠶有雙重人格是事實，但是在這一刻之前，她都沒有轉換人格過。

至今為止的性情大變，全都是為了引開我們的注意力，讓我們無暇思考案件真相的一種手法。

如此，我們就不會發現蕪人的背後其實還有一人。

「真是深沉無比的女人……」

心機之重，簡直堪比「盲」。

「大哥哥，要怎麼做，小殘才不會痛呢？」

千柚蠶輕拉我的衣角，露出求助的神情。

看著她無辜的表情，我總算明白了。

此時在我面前的，才是真正的千柚蠶另一人格——「小殘」。

「抱歉……妳要再忍耐一下。」

再幾個小時，救援就會到了。

「那、那……」

稍加思索後的千柚蠶，向我伸出完好的右手。

「大哥哥，抱～～」

「……………………」

看著她討抱的行為，我陷入沉默。

我知道她沒有別的意思。

雖然外表和行為看起來像個國中生，但千柚蠶畢竟是位成年的女老師。

要是我真的趁這時抱上去，會有種占她便宜的感覺。

「媽媽跟我說過，只要抱抱，痛痛就會好得多。」

「可是，要是牽動到傷口——」

「……大哥哥不願意抱我嗎？」

千柚蠶的雙眼，再度盈滿淚水。

被深深的罪惡感折磨的我，只好坐到她床邊，輕輕摟住了她。

「呵呵……」

千柚蠶小小的頭在我的胸膛上磨蹭。

「大哥哥好溫暖喔……」

開心的她緊靠著我，甚至用右手輕勾我的脖子。

她柔軟的身軀和長長的頭髮搔弄著我的胸口，弄得我心有些發慌。

「我沒有做什麼壞事她不過是小孩子反正另一個人格的事她醒來之後也不會記得……」

我不斷地在心中默念，給自己的行為找理由。

但是不知為何越說越感到心虛，罪惡感也越來越重。

「這是不可抗力。」

我不是自願的，我無罪。

「這是查案必須的行動——」

——啾。

此時，我的臉頰突然感受到了一股溫熱的柔軟。

回過神後我才發現，我被千柚蠶偷親了一下。

「嘻嘻……」

千柚蠶露出天真無邪的笑容。

想必她剛剛的行動並沒有任何深意，只是單純地想要回報我抱她的行為。

——「小殘」雖然看起來怪怪的，但她也有討喜的一面。

……妳說得對，千柚蠶。

小殘真的有夠可愛的。

「大哥哥，你也來～～」

我面前的千柚蠶閉上雙眼，將白到彷彿透明的臉頰靠了過來。

「…………」

面對她彷彿要我回親她的舉動，我再度陷入了沉默。

——要是見到她，請你務必好好照顧她。

「既然都說要照顧了……」

雖然知道醫療室裡沒有其他人，但我還是忍不住左顧右盼。

在確認房中只有我們兩人後，我用力吞了一口口水。

其實，我也沒有很想親。

但既然小殘這麼希望，千柚蠶也允許……

那遵從當事人的意願，也是應該的吧——

——嗶嗶嗶嗶嗶嗶嗶嗶嗶嗶嗶嗶嗶嗶嗶嗶嗶嗶！

「嗚啊啊啊啊————！陌雪對不起！陌羽也對不起！」

突然響起來的手機鈴聲，讓我不禁大聲道歉！

「大哥哥？」

聽到我突然大喊，千柚蠶疑惑地歪了歪頭。

「不……沒事……」

我看了看手機，來電人還真是陌羽。

深呼吸幾口氣後，我接起電話──

『啊，莫大哥，你終於接了。』

「……怎麼是小焰？」

『陌姐叫我打電話來確認你的狀況。』

「這時機……」

還抓得真是巧妙啊。

『莫大哥，你是不是有點心慌啊？說話的聲音感覺比平常高了些。』

「大概是通訊還沒修復完全吧──應該說一定就是那樣沒錯。」

『……你果然怪怪的，你是不是趁千柚蠶老師意識不明時對她做了什麼？』

「我才沒有！反倒是她對我做了什麼呢──」

我話一說出口就知道不對了。

『啊哈！果然如此！』

司馬焰以抓包的聲音說道：

『竟然對外表未成年的女性下手！真是太骯髒了！』

「外表未成年是什麼！不要故意說得好像我很糟糕一樣好嗎？」

『不糟糕嗎？』

「當然不糟糕。」

『陌姐，我跟妳說喔——』

「等一下！小焰！」

冷汗直流的我，趕緊阻止司馬焰的爆料。

『咦～～不是不糟糕嗎？那為何要阻止我？』

「妳的腦袋難道就沒有煞車這種東西嗎！」

『沒有。』

「…………」

聽到她這麼爽快的回答我，反而讓我有種「錯的是我」的感覺。

『其實莫大哥也不用這麼緊張。』

司馬焰以悠哉的語氣說道：

『說不定就算我跟陌姐說了，她也不會有任何反應。』

「不……坦白說那樣更傷人啊……」

『要不然你把你所有想像得到的鬼畜行為，都對千柚蠶老師做一輪如何，這樣陌姐說不定會擺出厭惡的眼神喔？』

「……妳就這麼希望我在陌羽腦中形象崩壞嗎？」

『是啊。』

司馬焰直接無比地說道：

『畢竟我對莫大哥你有點好感，所以希望你不要跟別的女人要好，這也是很自然的想法吧？』

「……………………………」

這傢伙，真的總是拳拳到肉，完全不懂什麼叫循序漸進。

『所以，若是要我不把剛剛的事跟陌姐說，就跟我來個交易吧？』

司馬焰在另一頭開心笑道：

『要是哪天有機會，和我來場約會好嗎？』

「……現在不是說這個的時候吧。」

『陌姐，我跟妳說喔──』

「我知道了！我答應妳就是了！」

『很好，那就這樣，詳細時間和地點我再傳給你喔。』

不過幾句話，我跟司馬焰就得約會了，完全沒有反抗的餘地。

總覺得司馬焰的節奏很快，一不小心就會被她的高速牽著走，失去自己的步調。

為了怕自己繼續深陷名為司馬焰的旋風中，我趕緊轉換話題問道：

「妳們那邊狀況還好嗎？」

為免意外，我請陌羽和司馬焰兩人結伴，一同看守殘缺姬。

『這邊沒什麼狀況──應該說完全沒狀況。』

司馬焰有些無趣地說道：

『殘缺姬總是在發呆，然後陌姐不知道在想什麼也都一言不發，我完全沒事做。』

「那妳有沒有發現什麼值得在意的地方？」

『嗯……莫大哥，之前你來血文所在的房間時，你有沒有打掃？』

「嗯？沒有啊。」

為了保全遺體和不嚇到其他人，我有把蕪人的斷手和斷腳移走，除此之外，我沒有多做別的了。

『若是莫大哥沒打掃過，那房間怎麼會這麼乾淨呢？』

「乾淨？」

司馬焰的這句話讓我想到了。

在初次踏入那個房間時，我就感受到了某種違和感。

「原來如此……是因為太乾淨了啊……」

被火燒過之後過了十年，應該要跟外頭一樣殘破不堪。

但除了石盒外，裡頭空無一物，就連地板都像是有在定期灑掃。

『總覺得……這邊好像有人在住的感覺。』

「…………」

司馬焰的話，讓我陷入沉思。

她或許意外地點到了關鍵之處。

但究竟是誰？基於什麼樣的裡由住在裡頭呢？

「對了，小焰。」

我看著在我胸膛上因為疲累半瞇著眼的千柚蠶問道：

「妳待在學校的時間比較久，關於千柚蠶老師的傳聞有哪些呢？全都說給我聽好嗎？」

『就像我之前說的，有關她的傳聞其實不少。』

司馬焰沉吟一會兒後說道：

『大致上就是「雙重人格」、「殘缺姬的奴隸」、「常常找不到人」之類的，但之所以會有這些傳聞，都跟她會變成另一人格——「小殘」有關吧。』

「那在妳們印象中，『小殘』是怎樣的個性？」

『像是純真可愛的小孩子，配上千柚蠶那幼女般的外表，其實意外地受學生歡迎喔，我也有不少次把她帶到房間當抱枕睡覺的經驗。』

「……妳都趁老師不知道時，對她做了什麼啊。」

『莫大哥還不是趁她重傷時為她穿上了黑絲襪。』

「我沒有那樣做好嗎！」

不過司馬焰的話讓我確認了，果然千柚蠶之前那詭異的模樣，全都是為了引開我們的注意力而演出來的戲碼。

這傢伙到底想做什麼？真是越來越可疑了。

『那莫大哥你那邊狀況怎樣呢？』

「我這邊也一樣毫無異狀——」

「大哥哥，我想上廁所，陪我去好嗎……」

「…………………………」

我在沉默一會兒後，裝作沒事的說道：

「嗯，我這邊什麼事都沒有，不用擔心。」

『騙人————！』

司馬焰大聲道：

『莫大哥，你是不是想趁人家不記得時做什麼奇怪的事！』

「啊哈哈，帶二十四歲的可愛女老師去廁所——這哪是什麼奇怪的事啊。」

『這聽起來充滿犯罪意味啊！』

「啊，通訊好像不太好，我先掛了。」

『莫大哥，你要是做了什麼天理不容的事，我絕對殺了你——』

我趕緊掛掉手機，將司馬焰的大吼大叫隔離到手機的另一頭。

「嗯～～」

千柚蠶不安地扭動身軀說道：

「大哥哥，我好像快尿出來了，可以帶我去廁所嗎？」

「好～～我馬上帶妳去喔。」

我露出和善的微笑拆掉她身上的點滴，將她扶下床。

❖　❖　❖

——說不定這三天的苦難都是為了此刻？

就算斷了一根手指、一根腳趾，感覺也還好嘛。

心中冒出這些想法的我，不禁為自己的知足感到驚訝。

「人生苦短，即時行樂。」

不知道哪天我就會被陌羽殺死，那麼在這麼短暫的人生中，找個合理的藉口去女廁增加一下人生閱歷，應該也不是什麼壞事吧？

「大、大哥哥……還沒到嗎？」

千柚蠶走路都變成內八了。

不知是因為生理需求急迫還是因為傷口疼痛，她的小臉漲得通紅，吐息也十分紊亂。

「放心吧，只要有我的引導，很快就會到了。」

「真的嗎？」

「當然是真的啊，來，把身體放鬆……」

這段對話要是被其他人聽到，一定會報警吧。

但是我不怕。

我自認問心無愧。

這是必要的醫療行為。

「不過雖然我這麼說……」

最終，我還是讓千柚蠶一個人去廁所了。

我背靠著女廁所的門，看著窗外的夜景，陷入輕微的自我厭惡中。

「我還真是沒用啊。」

標準只會出一張嘴的男人。

不過本來就不能趁人之危，我這個不是膽小，而是紳士。

若是哪天到了該行動的時候，我一定會好好行動的——對，就是這樣沒錯。

看著天空那明亮的月亮，我喃喃自語。

「第三日也快過去了……」

救援隨時會來，危機就快解除了。

等到回去後，我一定要向陌羽編織一個完美的謊言，絕對不能讓她想起十年前發生了什麼事——

「莫向陽。」

隨著這聲呼喚，我呼吸一滯。

在銀色的月光下，撐著傘的陌羽向我緩緩走來。

即使是如此深沉的暗夜，依然不能侵犯她分毫。

她身上彷彿微微罩著一層無染的白光，將所有靠近她身邊的事物和氣息都驅趕走。

這幅夢境般的情景，讓我不禁揉了揉眼睛。

「莫向陽，是我。」

陌羽向我微微一笑。

「所以，不要害怕。」

「……我沒有害怕。」

雖然這麼說，但我還是轉過頭去。

剛才一瞬間，陌羽讓我想到了陌雪，這讓我的胸口不禁一揪。

陌羽「嘿咻」一聲，從窗戶爬了進來。

我深呼吸一口氣，平復胸口的騷動，露出平常的笑容問道：

「陌羽妳怎麼來了？」

「我也不知道，剛剛司馬焰拚命地要我過來找你，還推著我的後背大喊：『要是陌姐不想讓莫大哥成為犯罪者，就給我拚命地跑啊！』」

「……這傢伙。」

「所以，我就用最快速度跑了過來。」

雖然陌羽這麼說，但她一滴汗都沒流，呼吸也完全沒有紊亂。

反倒是水手服的裙襬沾了一些汙損和落葉。

她將這些髒汙拍了拍，站到我身旁一步的距離。

一時間，我們兩個什麼都沒說。

我側眼一看，只見陌羽那純淨的雙眼倒映著天上的明月，不斷輕輕搖曳。

對莫向陽來說，這是最美的風景。

不管是怎樣的世界奇景，都無法與此比擬。

「陌羽……」

我向這樣純粹的她說道：

「陌雪她……是我殺的。」

「我聽到你跟司馬焰的對話了。」

陌羽的聲音很平淡，彷彿這不是什麼大不了的事。

「……妳不生氣嗎？」

「我沒有見過陌雪幾次，十年前的事也記得不太清楚，就算聽你說了這樣的事，我的實感也不深。」

「嗯……」

「而且，比起十年前的事，我想我更在意一件事。」

「什麼事？」

「我更在意……我砍掉了你的手和腳。」

陌羽低下頭，用傘遮住了她的臉。

「抱歉……莫向陽。」

這個突如其來的道歉，讓我完全喪失了思考能力。

陌羽她向我道歉？

那個總是和所有人保持距離，不把任何人放到心中的陌羽，竟然——

「經過這一次的事件，我終於明白了自己的天真。」

她輕輕地說道：

「之所以一直傷害你，是因為我什麼都沒做。」

「不是這樣的……」

「是的，就是這樣。」

陌羽將傘收起來，以無垢的雙眼看著我說道：

「因為，我連你是不是說謊，都不知道。」

「……」

「嘴上說著要改變關係，但我對『莫向陽』這人一無所知。」

她露出微笑。

「既然沒有線索，那麼解不開真相也是應該的。」

這次，換我轉過了臉。

為了待在殺人偵探身邊，我不能被看穿——即使心中感動也不行。

我們之間的距離永遠不能改變，也不該改變。

但是，陌羽似乎不是這麼想的。

「莫向陽。」

「嗯……？」

「我向你說一句我的事，而你也回我一句，好嗎？」

「這個……」

「開始吧。」

不等我答應，陌羽在輕咳兩聲後說道：

「我、我很害怕鬼和靈異的話題。」

可能是不太習慣跟別人說自己的事情吧，陌羽的聲音有些緊張。

「…………」

我先是沉默不回答。

但是陌羽水靈的眼睛緊盯著我，就像是期待我的回答。

「……我有些怕吃酸的食物。」

我說了一個無關痛癢的東西。

「嗯！」

但是聽到這樣的事情，陌羽點了點頭，似乎很開心的樣子。

「再來……我喜歡紅茶。」

「我喜歡拿鐵。」

「興趣是在花園中看書。」

「我的話……大概是閒暇時看點輕小說。」

「最近有些憧憬司馬焰，想成為像她一樣的人，敢愛敢恨。」

「這個就拜託妳不要了……」

我和陌羽一人一句，持續著這樣的對話。

這是段很平靜的時光。

即使是多年以後，這段回憶也是我會不斷拿出來重溫的寶物。

在朦朧的月光中，我和陌羽隔著一段不長不短的距離並肩站著，聊著自己或是她的事。

——要是這樣的時間能久些就好了。

我不禁這麼想。

而或許——陌羽也是這麼想的。

只是，事與願違。

這種平穩的幸福，並沒有持續太長的時間。

「不、不要過來……」

廁所中，突然傳來了千柚蠶害怕的聲音，打斷了我和陌羽的交流。

「大哥哥……救我……」

廁所傳來了求救聲。

我和陌羽互看一眼，第一時間破門而入。

但是——已經來不及了。

「啊啊啊啊啊啊啊啊啊啊啊————！」

只見千柚蠶高舉右手，她的右手齊腕而斷，落到了地上。

她的面前，則站著咬著刀子、穿著白洋裝的殘缺姬。

殘缺姬向我看了一眼，血液從刀尖淌下，滴答滴答地落到了地上。

「這……怎麼會？」

殘缺姬不是在舊校舍中嗎？

就在我這麼想時，我的手機傳來了司馬焰的來電，我馬上接了起來。

『莫大哥！剛剛殘缺姬突然跑出門！你們那邊小心點！』

「太慢了！」

『哪會太慢！』

司馬焰說出了讓我不可置信的句子——

「她才消失了不過三十秒啊！」

「……咦？」

三十秒？

這邊和舊校舍間，不管再怎麼奔跑，都要至少五分鐘吧？

殘缺姬是怎麼到這邊的？

還是她真的是惡靈或是詛咒之類的事物，能視距離於無物？

——鏘！

在我面前的殘缺姬張開小嘴，沾著血的小刀落到了地上。

「首日……」

就連她的聲音，都和千柚蠶一模一樣。

「首日奪手……至此完成。」

她的雙眼一片漠然，什麼都沒有，讓我不禁打了個寒顫。

——嗖！

說完後，她以敏捷的動作跳上廁所的窗戶。

看來，她剛剛就是從那邊入侵，然後將千柚蠶的右手斬下來的。

「別想跑！」

我馬上踏上窗子，想要跟著追出去。

但是因為我的身型比殘缺姬還高大，在攀登的過程中稍稍卡了一下。

等到我落地後，殘缺姬的身影已隱沒在樹叢中，消失不見。

「足跡……」

我朝地上一看。

既然留下了身影和足跡，就表示妳並非惡靈之類的事物。

妳必定是人類，只是用了什麼詭計，讓這五分鐘的距離消失無蹤。

我起步準備追上去，但一道出乎意料的聲音出現，阻止了我——

——『莫大哥！沒事了！』

尚未掛斷的手機中，傳來了司馬焰的聲音。

『殘缺姬回來了！剛剛說不定只是想上廁所而已，抱歉讓你們緊張了——莫大哥，你怎麼突然沉默了？』

剛剛殘缺姬從我的視線消失的時間，只有大約三十秒左右吧？

她在這麼短的時間內又趕了回去？這根本不是人類可以辦得到的事吧。

難道殘缺姬真的可以無視距離收割人類的肢體？

「這就是……真正的殘缺姬詛咒？」

我收起手機，只覺得身體一陣惡寒。

chapter 03 殘缺姬的末路

不管用什麼法子，從舊校舍到這邊，都要至少五分鐘的時間。任何交通工具都行不通，因為中間有花圃、走道和建築物的關係，反而是跑步最快。

當然，也沒有什麼祕密通道，就算有，實打實的物理距離就明擺在那邊，不可能用三十秒的時間將其化為烏有。

為了知道殘缺姬是怎麼做到的，我跟司馬焰詢問事發時的狀況。

「嗯……她突然就奪門而出，我完全來不及反應。」

司馬焰一邊發出回憶的沉吟聲，一邊說道：

「等到我追出去後，她的身影已經隱沒在舊校舍的轉角中，因為舊校舍裡頭就像迷宮，我也不知道她跑到哪兒去了，在確定自己找不到她後，我就馬上打給莫大哥了。」

「這段消失的時間，妳確定是三十秒嗎？」

「可能會有幾秒的誤差，總之殘缺姬消失的時間不長。」

「那最後一個問題……殘缺姬在衝出門之前，妳的視線一直都在她身上嗎？」

「嗯……我總不可能一直盯著一個人看吧？那樣多無聊。」

「妳覺得她有可能消失幾分鐘，然後妳都沒察覺嗎？」

「我覺得不可能。」

司馬焰斬釘截鐵地說道：

「雖然沒有將視線一直黏在她身上，但我每隔幾十秒就會看一下殘缺姬在做什麼，以防她突然襲擊。」

「…………」

沒有時間差詭計、沒有任何殘缺姬偷跑的可能性。

從當時的手機通話和司馬焰的證詞，我只能得到一個簡單的結論——

殘缺姬確實是在剛剛消失的三十秒間，將五分鐘的距離化為烏有，接著出現在千柚蠶面前，將她的手砍斷。

「難道……我就只能跟蕪人那次一樣，看著詛咒全部實現嗎？」

我將手支在下巴處，只覺得深深的疲憊感籠罩全身。

可是不管我怎麼思考，我都想不通這之中到底用了什麼詭計。

深怕再度出意外，我請陌羽回去，和司馬焰一同看管殘缺姬，這次必須要更加嚴密看管，絕對不能讓視線離開她身上。

但坦白說，這樣做到底能不能真的阻止她，我一點自信也沒有。

在陌羽離開後，我將再度重傷的千柚蠶搬回醫療室，為她做了止血的處理。

沒過幾分鐘，千柚蠶就醒來了。

「莫向陽……？」

和我的目光相接後，她向我露出虛弱的笑容。

「看來我又變成『小殘』了啊……發生什麼事了嗎？」

看來，此時的她不是「小殘」，而是原本的千柚蠶老師。

於是我將她斷手之後的事，一五一十地向她說明。

「千柚蠶老師。」

我以再嚴肅不過的語氣跟她說：

「十年前到底發生了什麼事？妳跟殘缺姬之間又有什麼關係？」

「…………」

臉上毫無血色的她，緊咬著下嘴唇，就像是不想說的樣子。

「要是再不說的話，妳會被殘缺姬的詛咒殺死的。」

首日奪手、次日削足、三獻其身。

「她與妳長得一模一樣，妳必定和她有淵源。」

我向她低下頭，以懇求的方式說道：

「所以拜託妳了，請把一切告訴我吧。」

「……………」

千柚蠶先是沉默許久，接著她看著自己空空如也的雙手，緩緩說道：

「這也是報應吧……」

她轉過頭來，向我說道：

「我告訴你一切真相，但是我希望你能幫我一件事。」

「這個就等聽完真相後，我再做決定。」

「嗯……」

千柚蠶低著頭，看著自己胸前的銀製斷手項鍊說道：

「我直接說結論吧，殘缺姬──

「──其實是我的『女兒』。」

「……果然啊。」

其實，至今為止的線索，讓我或多或少猜到了真相。

我的腦中浮現陌羽曾質問千柚蠶的話。

──十年前，妳是「闕梅學院」的學生。

──在舊校舍的大火發生前，妳失蹤了約莫一個月的時間。

「所以十年前，妳之所以失蹤一個月，是因為『懷孕』嗎？」

「是的，因為肚子大了起來，加上臨盆待產，那時的我躲在舊校舍中，不讓任何人找到我。」

「十年前……妳不過才十四歲，孩子的父親是誰呢？」

「是學校的男老師，也是闕梅學院的教職員。」

「……原來如此。」

我總算了解為何十年前的消息會被抹除得如此嚴重。

因為對學校來說，這是天大的醜聞。

要是一不小心公布出來，就沒有有錢人願意將自己的女兒送到此處了。

「我因為未成年懷孕，被家族成員斷絕了關係，成了無依無靠的存在。」

「孩子的父親呢？」

「在得知這消息後，學校緊急把男老師調走了，我再也沒有見過他。校方將要生產的我安置在舊校舍中，也就是你們現在看到的殘缺姬房間中。」

「……至少校方願意幫助妳。」

「我本來也是這麼想的，但是我太天真了——我沒發現這所學校的惡毒，也沒發現人類的惡意可以有多深。」

「————！」

看著千柚蠶的雙眼，我嚇了一跳。

她的雙眼中充斥著我至今為止看過最深的黑暗，光是一眼就彷彿要被她吞噬。

「在我生產過後幾天，發生了一件大事——那就是舊校舍的火災。」

千柚蠶本來失去光芒的眼神突然亮了起來，就像是映照著那時的大火。

「我匆匆忙忙地跑到孩子的房間，結果我看見了這世上最為絕望的光景——

「孩子小小的手，不知被誰鎊在嬰兒床上。」

「天啊……」

就連我都忍不住驚呼。

「站在熊熊的大火中，我很快就理解了犯人的目的：有人想藉著孩子箝制我，讓我不能逃生。」

會做這種事的人，只有一個可能。

那就是——

「闕梅學院的高層，想要藉著這場大火將我和孩子燒死，掩蓋這場醜聞。」

千柚蠶以平靜到令人害怕的聲音說道：

「所以——我將孩子的雙手砍斷，然後抱著她逃出生天。」

「這真是……」

悽慘到連聽都聽不下去的過往。

「我將孩子的斷手帶走一隻，另一隻留在現場，這也是為何現場留下了一點手骨的原因。」

十年前的大火燒盡了舊校舍，所幸無人傷亡。

燒毀的地方留下了一點彷彿手骨的東西，但量極其微小，根本無法判別是否是斷手燒掉後留下的事物。

「原來那是嬰兒的斷手……」

之所以挑嬰兒下手，應該是千柚蠶雖被家族斷絕關係，但畢竟也是有錢人家的女兒，要是意外死亡，一定會有家人發現不對勁。

相反的，嬰兒不會抵抗，也還沒有在這世上留下太多資料。

校方真正的目標，其實是嬰兒。

只要在最後清理火災現場時，悄悄處理掉嬰兒的屍體，再一口咬定自己什麼都沒做，沒有任何證據的千柚蠶就無計可施。

只要嬰兒消失，醜聞就能因此遮掩住。

只是校方沒想到，千柚蠶會如此決絕，將自己女兒的手砍斷，一同逃生。

「我在現場留下彷彿詛咒的血文，校方馬上就知道我沒死，並派人來跟我談判。」

「妳應該是用那隻帶走的斷手，當作談判的籌碼吧？」

「沒錯，十四歲的我什麼都沒有，我需要任何可以幫助孩子的事物，於是我將斷手藏起來，以此做為威脅校方的證據，我向他們開出了條件：『好好養育我的孩子，讓她平安長大，要不然我就將一切說出來』。」

「所以舊校舍這十年來都不曾整修……」

「除了被我威脅外，也是因為我和校方將女兒養在舊校舍——也就是殘缺姬的房間中。」

「難怪一直有殘缺姬的目擊情報。」

我想起了司馬焰曾說過的殘缺姬傳聞。

這十年來，有不少學生目睹到「殘缺姬」的身影。據傳聞，每到深夜，舊校舍的燈就會點亮，發出白光的「殘缺姬」會在裡頭遊蕩……

誰都沒想到，其實殘缺姬是真實存在的。

「一開始聽到殘缺姬傳說時，我本來有些緊張，深怕女兒被發現，但後來轉念一想，我何不利用這傳說呢？」

千柚蠶再度看向胸前的銀製斷手項鍊說道：

「只要人們害怕殘缺姬，就不會有人敢靠近舊校舍。」

「所以……妳才自稱是『殘缺姬的奴隸』。」

——千柚蠶幾乎參與了所有有關殘缺姬的事件。

「是的，我暗中助長傳說的散布，確保它的完整度和延續性。」

聽到千柚蠶這麼說，我想起她書房中大量的殘缺姬資料，也想到她為了引導我們而故意做出的詭異言行。

「隨著時間不斷過去，『殘缺姬傳說』吸取了人類的惡意，變成了某種咒殺，為了讓傳言更可怕，也為了讓傳說繼續流傳，我悄悄尋覓有恨的學生，操弄她們實行『殘缺姬的詛咒』。」

「所以……妳才引導蕪人實行了這一切？」

「是的，蕪人因我而死，對此我充滿後悔，也充滿罪惡感，但是——」

銀色的月光照射進來，點亮了千柚蠶堅定的臉龐。

「但是，我只能這麼做。」

——這個世界沒有善也沒有惡，有的唯有人類因情感而相信的善。

想起「盲」的話，我悄悄地嘆了口氣。

千柚蠶害蕪人死得如此悽慘，若以法律判定，她必定有罪。

但我完全無法恨她，也無法討厭她。

至此，有關千柚蠶動機的謎團幾乎都解開了。

「校方為了就近監視我，將畢業的我留在學校當老師；我也害怕惹怒他們，讓他們對我和女兒下重手，這種危險的狀況維妙地保持了平衡，一晃就是十年過去。」

「這十年的生活，彷彿地獄一般吧？」

不但要提防女兒被發現，也要提防校方對她們下手。

沒有任何人可信任，也沒有任何一刻能鬆懈，只能被關在孤島般的山中學院，過著膽顫心驚的生活。

光是稍微想像，我就覺得這是足以逼瘋任何人的十年。

「是的，這也是我『雙重人格』的病因，為了逃避這一切，我誕生了『小殘』這個人格。」

千柚蠶看向窗外說道：

「我想……我應該是希望自己像個小孩一樣，什麼都不知道，什麼都不懂吧。」

「嗯……」

所以她在變成「小殘」時，才會逃避似的不留下記憶。

她希望回到十年前——回到那個純真無比的自己。

「雖說是為了自己的女兒，但身為老師，我藉著『殘缺姬傳說』，毀了無數學生的人生。」

千柚蠶的雙眼，默默地流下了淚水。

「所以有這樣的下場，也是我應得的。」

「可是……殘缺姬既然是妳的女兒，那她為何要殺妳呢？」

「這並不是一件奇怪的事。」

千柚蠶咬著下嘴唇，直至破裂出血。

「為了怕刺激到校方，我將她關在舊校舍中不讓她外出，也盡量少去見她，雖然她長大了，但也僅此而已，我沒為她做到任何母親該做的事。」

「嗯……」

也就是說，母女之間的感情並不深厚嗎？

但這不構成殺人動機吧？

「你錯了，莫向陽。」

看穿我疑惑的千柚蠶說道：

「孕育『殘缺姬傳說』的是什麼，你還記得嗎？」

「……人類的惡意？」

「殘缺姬從沒接觸過外面的世界，也沒接觸過其他人，一般人的常識，對她來說完全不適用，這十年來，她在舊校舍中一直看到的是什麼呢？」

「啊……」

理解千柚蠶打算說什麼的我，冷汗瞬間布滿額頭。

「該、該不會——」

驚懼的我看向千柚蠶，而她向我點了點頭說道：

「就像你想的那樣沒錯。」

無數學生為了報仇而前來殘缺姬的房間，向她許下願望。

——我想殺了她。

——我想讓她人生破滅。

——我想讓她死無葬身之地。

「彷彿一張白紙的殘缺姬，不斷吸取這些惡意，於是，她誤以為這是人與人之間來往的正確形式。」

人類的惡意不只孕育了「殘缺姬傳說」，也把殘缺姬養了出來。

「她唯一能接觸到的就是她的母親，於是——」

千柚蠶看著自己被截斷的手。

「她想把自己學到的事，第一個用在母親身上。」

這真是太諷刺了。

為了守護女兒，於是餵養惡意。

但到頭來，這股惡意卻反噬了自己。

「莫向陽，我想向你懇求的事就是──」

千柚蠶轉頭看著我，向我說出她人生中的最後一句話。

「即使最後殘缺姬殺了我，也請你不要責怪她。

「因為，死在她手下，是我這個母親唯一能為她做的事了。」

看著她那彷彿要犧牲自己的微笑，我想起了陌雪。

──這世上最偉大的愛，有一說是「母愛」。

要是這樣繼續下去，千柚蠶一定會消失的。

她一定會死在殘缺姬手中。

這是個徹頭徹尾的悲劇，毫無一絲救贖可言。

我張開口，想要說點什麼──

但就在這時，異變突然發生了！

──砰！

一陣天搖地動！彷彿什麼東西爆炸的聲響傳遍了整個學院！

我向窗外一看，卻沒發現異狀。

為了擴展視野，我跑出了建築物外，向四周察看。

「舊校舍……」

就像時光重演，舊校舍陷入火海中，被無數的火舌吞噬。

就在我看到這情景的瞬間，我的手機響了起來。

『莫大哥！』

司馬焰著急的聲音從電話另一頭傳來。

『陌姐才剛回來，舊校舍不知為何就爆炸了！火焰迅速在裡頭蔓延開來！』

「妳和陌羽還好嗎？狀況如何？」

『我們第一時間跑了出來，所以沒事，但是、但是——』

司馬焰慌張地說道：

『殘缺姫不見了！』

「——！」

突如其來的異變讓我當機了幾秒。

接著，我趕緊回頭，跑回醫療室。

「她消失多久了？」

『大概三十秒。』

「該死！」

又是跟上次一樣的情況！

「該死啊————！」

同樣的事不斷重複發生，我怎麼就不能小心點呢？

以最快速度趕回醫療室的我「砰」的一聲打開門。

「不見了……」

病床空無一人。

本來躺在上頭的千柚蠶消失無蹤，就像被殘缺姬吃掉一般。

❖ ❖ ❖

「在哪裡……到底在哪裡？」

我衝出建築物外，不斷尋找。

突如其來的大火讓校內一陣大亂，慌亂的女同學到處奔跑。

「千柚蠶的雙手重傷，應該不會走太遠才對。」

冷靜點，我得冷靜點。

我低下頭，拿著手機照亮地板。

「有了……」

果然如我所想，有留下足跡和血跡。

跟著那些遺留下來的痕跡，我往樹林深處不斷邁進。

「為何啊……為何要自己跑掉？」

在打開醫療室門的那一刻，我本來以為會看到殘缺姬將千柚蠶的雙腳砍掉的畫面，但實際上呈現在我面前的，是千柚蠶消失無蹤的場景。

有什麼理由逼著她這麼做嗎？

「該不會……」

——死在她手下，是我這個母親唯一能為她做的事了。

她是想去找殘缺姬自殺？

「等一下……」

隨著越來越深入樹林中的黑暗，我越想越不對勁。

這種既視感是怎麼回事？

十年前、母女之間的情感糾葛、不得不殺掉對方的隱情——

總覺得本次的事件，有些地方微妙的和十年前的陌雪事件相同。

「該不會，『盲』之所以叫我們來這所學院，其目的是——」

「沒錯。」

一個和「司馬焰」無比相似的聲音，突然從身後響起。

「我的目的就是讓陌羽，一點一滴的想起十年前的事喔。」

我轉頭過去，看到了扮成司馬焰的「盲」。

「又是……這副模樣。」

「咯咯咯——司馬焰妹妹這麼漂亮，我挺中意這長相的。」

「……現在的我，沒空理妳。」

我轉身要走，但「盲」一個閃身，又來到了我面前。

「別那麼冷淡，我們來聊一下嘛。」

「我沒什麼好跟妳聊的。」

「嗯……真的嗎？」

「盲」手指抵著下巴，歪頭說道：

「難道你不想知道，殘缺姬是怎麼把距離弄消失，只花三十秒就到達你們所在之處的嗎？」

「…………」

「啊，看你那表情，果然有興趣嘛。」

聽著「盲」咯咯的笑聲，讓我有種不爽的感覺。

「其實，這詭計很簡單啊，甚至可以說簡單到不行。」

「盲」彎下腰，向我問道：

「要不要我給你點提示啊？」

「不用了，我要靠自己想。」

就算是賭一口氣，也不能在這邊認輸。

我閉上眼，將所有過程整理一次。

一、殘缺姬從司馬焰面前消失三十秒。

二、殘缺姬出現在千柚蠶面前，將她的右手砍斷。

三、殘缺姬從我面前消失三十秒，接著出現在司馬焰面前。

「但是，這路程就算全力奔跑，也要五分鐘……」

沒有密道、沒有特殊的交通工具。

如果就如「盲」所說的，這不過是簡單至極的詭計，那能用的手法想必很有限。

「殘缺姬和千柚蠶長相完全一樣……」

雙胞胎的詭計？身分交換？

不對，這兩人一個在A點，一個在五分鐘路程外的B點，不管用怎樣的方式，都不能把這段距離消弭為0。

這當中沒有任何心理詭計的空間。

因為就算是同樣的兩人，也不能無視物理性的距離。

「等一下，兩人……兩人？」

腦中靈光一閃的我睜開眼，看到了「盲」那和司馬焰完全一樣的長相。

「原來如此……是這麼回事啊。」

這真是漂亮的心理誘導。

「原來『殘缺姬的傳說』，還有這層深意。」

就是有了前半段的事件，這個詭計才可以成立。

蕪人的慘死，在我們心裡刻下了深深的印象，而這個既定印象就是——

「『殘缺姬只有一個』。」

但是這是不對的。

「盲」漂亮地利用了這個心理盲點，設計了後半段的事件。

「只要有『同樣的三個人』，就能完成這個詭計了。」

兩個人無法消除距離，那三個人又如何呢？

所以，整個事件應該是這樣的。

一、趁著司馬焰視線的空檔，扮成殘缺姬的「盲」和殘缺姬交換。

二、殘缺姬獲得了自由，躲藏在醫療室附近。

三、扮成殘缺姬的「盲」抓好時間，在司馬焰面前奪門而出，想辦法消失三十秒。

四、趁著「盲」消失的時候，殘缺姬出現在千柚蠶面前，將她的右手砍掉。

五、扮成殘缺姬的「盲」，再度回到司馬焰的視線內。

「一開始待在小焰身邊的人是殘缺姬，但在偷偷交換後，待在她身旁的人，一直都是妳——一直都是『盲』。」

這樣的交換不需要多久時間，只要趁司馬焰目光不在殘缺姬身上時進行就好。

化身盲點、成為盲點——她是最善說謊的凶手。

所以，對她來說必定不是難事。

「因為被『殘缺姬傳說』浸染、影響，所以我們不知不覺被『殘缺姬只有一個』這樣的想法所禁錮，無法脫身。」

「『盲』製造出的盲點限縮了我們的思考，讓我們無法察覺如此簡單的詭計。

「其實……殘缺姬一直都是自由的。」

別說五分鐘的距離了，她說不定一直待在附近。

千柚蠶自始至終都處於極度危險的境地，但我們對此一無所知。

「正確答案，莫向陽。」

「盲」拍了拍手說道：

「這次你又解開了真相，不簡單。」

我不甘地握起拳頭。

到底哪裡不簡單了？

這次，我們依舊被「盲」耍得團團轉。

「不，這次我們誰也沒贏。」

看穿我想法的「盲」說道：

「雖然我是人類心理的專家，但人類的心理深不可測，就像幽暗的大海一般，難以一眼窺伺。」

「聽到妳這麼說真是諷刺，難道至今為止的發展，不都在妳的預想中嗎？」

「若真是如此就好了。」

「盲」無奈地擺了擺手說道：

「莫向陽，這場『殘缺姬傳說』的大戲若是一切順利，你覺得會導向怎樣的結局呢？」

「……完全照著『首日奪手、次日削足、三獻其身』的血文發展進行？」

「但若一切都在我掌握中，我不會在這時出現在你面前吧？」

「確實……」

若完全依照事件順序發展，接著應該是千柚蠶的腳被砍掉。

接著再過一天，殘缺姬就會將千柚蠶的命收走。

現在不過是事件的中途，「盲」根本不用特地現身在我面前給我靈感，也不用向我揭示「三人詭計」的真相。

「盲」沒有任何出現在我面前的理由。

「我之所以現身在你面前，是因為事件已經結束了。」

「什麼意思……？」

「因為是她的女兒，所以千柚蠶甘願為殘缺姬而死，但是，事情真的會照她們所想的發展嗎？」

「……為什麼不會？」

——心中不祥的預感突然大增。

彷彿被什麼東西重重壓迫，我不禁大喊道：

「殘缺姬要殺千柚蠶，而千柚蠶也想為她而死，那事件為何不能成立——」

「若這事件只有『兩人』，或許真的會如此吧。」

盲嘆了口氣，緩緩說道：

「可是，在她們兩人之間，明明就有『第三個人』。」

「『第三個人』……？」

無人？虹之天？亞地？司馬焰？

「都不是喔。」

「盲」搖了搖頭，隨即往後退，讓身影消逝在樹林中。

「莫向陽，繼續往前走，見證這事件的終結吧。」

「盲」的聲音越來越小，逐漸遠離。

「並不是所有故事，都會有一個盛大的結束。」

像是很愉快般，她咯咯笑道：

「以出人意表的隨意方式終結，也是人類常見的一種結局。」

她發出了陶醉的嘆息，彷彿要為至今為止的事做個總結——

「就是因為擁有如此可嘆的人性，我才無法停止觀測人類啊。」

就像從沒來過般，她消失在樹林中。

彷彿被她牽引，順著她消失的方向，我撥開樹叢——

「大哥哥……怎麼辦……」

化身為「小殘」的千柚蠶坐在地上，哭著向我說道：

「那位大姐姐……不動了。」

呈現在我面前的，就如「盲」所說一般，是可笑到令人絕望的結局。

殘缺姫倒在地上，胸口被刀子貫穿。

至於千柚蠶身上則染滿了鮮血。

「那個大姐姐突然撲了過來。」

千柚蠶淚眼汪汪地說道：

「小殘不過輕輕推了她一下，她就變成這樣了……怎麼辦……」

「盲」所說的第三個人，並不是這所學院裡的任何人，而是「小殘」。

——千柚蠶的另一個人格。

「哈哈……」

這真是太可笑了。

「哈哈哈哈哈哈哈——」

看著眼前的一切，我不由得仰天大笑。

身為母親，想要為女兒奉上一切。

但是千柚蠶也是人，也一樣會感到不安和害怕。

這股恐懼在這十年來逼迫著她，讓她誕生出了「小殘」這個人格。

——我想……我應該是希望自己像個小孩一樣，什麼都不知道，什麼都不懂吧。

「是啊，千柚蠶，妳不記得真是太好了……」

妳為了活下去，親手殺了自己的女兒。

妳依循求生的本能如此做，不管是誰都無法責備妳。

妳沒有錯，絕對沒有錯。

——人是無法保護人的。

「只是……」

兩行淚水，從不斷大笑的我眼中流了下來。

「我也不希望……這樣的妳是對的……」

畢竟這樣的結局，實在太過悲哀了。

終章

這次的事件，比任何一次事件都讓我感到疲累。

在生理上，我失去了一隻手指、一隻腳趾。

在心理上，我有種什麼東西都沒挽救到的無力感。

在第四日的凌晨，救援總算到來。

我、陌羽和失去雙手的千柚蠶坐上了特殊命案科安排的救護車，往山下開去。

至於司馬焰則繼續待在「闕梅學院」中，等待司馬封的到來。

「我好歹也是重要證人，要是我堅持哥哥不來，我就不去偵訊和做筆錄，想必他一定會來吧。」

這傢伙還是一如既往。

順道一提，她在說這句話時興奮得兩眼發光、臉頰泛紅，就像等待許久的戀人即將和她見面一樣。

「愛就要將自己的一切奉上，恨就要傾盡一輩子不原諒對方——莫大哥，這次我一定會努力虐殺哥哥的，到時希望能邀請你來當逮捕我的人。」

她說的好像是結婚要邀見證人一樣。

看著她雀躍的模樣，我心想這世上應該沒有人能介入這兩兄妹間吧？

這真的不是什麼超越人類理解範疇的愛情嗎？

「我本來還期待有啥酸酸甜甜的校園喜劇發生……」

坐在車中，看著和來時同樣的道路，我輕輕嘆了口氣。

但最終細數我們的成果，只有無數的慘劇。

蕪人悽慘地死了，千柚蠶失去了雙手。

殘缺姬被殺了——而且是被一直努力保護自己的母親殺死。

「終究……我還是什麼都沒救到嗎？」

或許是過於疲累，也或許是受了太多傷。

我彷彿看到了一道白影出現在坐著的陌羽身旁，對我露出純白的微笑。

「陌雪……」

一直糾纏著我的幽靈。

即使我殺了她，她也依然對我微笑。

「為什麼……不責備我啊……」

十年前的事，想必我這輩子都不會說出來吧。

這是必須永遠埋藏在黑暗中的事，尤其不能讓陌羽知道。

因為，那是個徹頭徹尾的悲劇。

——眼中閃著紅光的陌雪，拿著刀子逼近了陌羽。

「為了阻止她，我——」

我提起了刀，衝到她們之間——

這瞬間，我的視線塗滿了鮮血，被一片鮮紅淹沒。

「大哥哥，你還好嗎？」

千柚蠶湊到我身邊，關心地問道。

「你怎麼流這麼多汗？還一直喘氣，是哪裡不舒服嗎？」

「我沒事……」

我努力強顏歡笑。

真的需要擔心的人是妳，要是妳從「小殘」的人格中轉換回來，說不定會承受不了打擊而自殺啊。

「哪裡痛嗎？小殘幫你呼呼喔～～」

千柚蠶湊到我的頭前，對著我的頭頂吹氣。

雖然這是個完全無效的舉動，但不可思議的，這個天真的舉措，確實讓我好過了一些——

「咦……？」

等一下，她怎麼沒有「那個東西」？

為了確認，我再次仔細地看了看千柚蠶全身上下，也轉頭看了看車內。

沒有，不管是哪裡都沒有。

到處都沒有「那個東西」。

「千柚蠶……」

「我是小殘喔。」

「小殘，我問妳。」

我看著她空空如也的胸前問道：

「妳胸前的『斷手項鍊』呢？」

「嗯？」

千柚蠶歪著頭，一臉疑惑。

「我再問妳，妳還記得在妳左手斷掉、右手還沒斷之前，我帶妳做了什麼嗎？」

「？」

千柚蠶還是一臉困惑，就像不知道我在說什麼似的。

看著她那表情，我感到晴天霹靂，幾乎要無法呼吸。

──「我是為了『殘缺姬』……才存在的……」

我的腦中響起了千柚蠶說過的話。

「等一下……我一直都誤會了嗎？」

驚懼的我，心中不斷浮現千柚蠶過去的話語。

——我不過是「殘缺姬」的奴隸罷了。

——就是把燕人當作活祭品，殘缺姬才能死而復生。

——只要再一個祭品，「殘缺姬」就能完全復活。

「原來……這才是真相。」

而且，是只有和小殘獨處過的我，才能發現的真相。

——以千柚蠶的性命為代價，死而復生吧！

「這十年的前置準備，都是為了此時此刻啊！」

為了確認我的想法，我拆開千柚蠶雙手的繃帶。

「果然……」

雖然染滿了鮮血，但上頭的傷口如我所想，一點都不新。

「……雖然發現了真相。」

但是這一點都不值得欣喜。

因為這個真相不能揭開。

別說不能揭開了，我甚至得幫它隱瞞、彌補缺失的部分。

——即使殘缺姬最後殺了我，也請你不要責怪她。

千柚蠶早就預料到這一切了，所以才在最後提出了這個請求。

「陌羽！」

我轉過頭去，向一直看著我的陌羽說道：

「待會在特殊命案科的警察面前，我們來一場『殺人模擬』吧！」

「什麼意思？」

「妳只要假裝進入『狀態』就好，妳扮演千柚蠶，我則扮演殘缺姬。」

我們要用「殺人模擬」，將剛剛的情景完全重現在特殊命案科的人面前。

「我會嘴咬小刀朝妳衝過去，接著扮演千柚蠶的妳要抵抗，我們在一陣搏鬥後，妳要將小刀刺到我的胸口。」

「……為什麼要這麼做？」

此時，陌羽的聲音比平常低了些，但毫無餘裕的我完全沒注意到。

「因為『千柚蠶殺了殘缺姬』是必須的啊！」

從初代殺人偵探開始，特殊命案科就一直見證著「殺人模擬」。

這樣的破案方式，從來沒有失手過。

所以，我們要演出一場戲，讓他們誤以為這就是真相，不要再深入調查這個案件。

「要不然、要不然——千柚蠶的努力就會前功盡棄了。」

「我還是不知道你在說什麼，照順序告訴我。」

「啊啊……」

我按住了疼痛的額頭。

雖然我不想將真相公開。

但是為了得到陌羽的幫忙，我必須跟她說明清楚才行。

「這幾日的案件，全都繞著『殘缺姬傳說』打轉。」

「嗯。」

「這讓我們有了一個既定印象——那就是『殘缺姬會照著傳說殺人』。」

首日奪手、次日削足、三獻其身。

尤其無人的死狀過於悽慘強烈，極其容易在目擊者心中留下印象。

——殘缺姬就是這麼殺人的。

「所以今天不管是誰，只要照著這樣的傳說殺人，就會讓人覺得『她是殘缺姬』吧？」

這才是「殘缺姬傳說」真正的意義——花了整整十年賦予的意義！

只要看到照著血文實行殺人的人，就對她是殘缺姬的身分深信不疑。

「最後出了一個意外，千柚蠶在抵抗殘缺姬的殺害時，一不小心將殘缺姬殺死了。」

但這不過是表面的真相，是我們被誤導後產生的錯誤印象。

「為什麼我們沒有懷疑倒在地上的人『其實不是殘缺姬』？」

明明她跟千柚蠶長得一模一樣。

而且，在砍掉雙手後，她們已無任何分別。

「其實，真正死的人是千柚蠶——」

我指著坐在車上，一臉天真的小殘說道：

「而她才是殘缺姬啊！」

——因為，死在她手下，是我這個母親唯一能為她做的事了。

「這十年來的一切，不管是傳說的延續、蕪人的慘死、血文的遵循，都是為了最後這個身分交換。」

因為傳說——我們才不會懷疑她們的身分，才不會進一步探求真相。

「這一切全都是千柚蠶的布局。」

——傳說她一直有去整型，所以這十年來才一直沒變，保持十四歲的模樣。

「不斷的整型和調整，是為了與殘缺姬的外貌和身型一致。」

這樣，她們才能完美的交換。在千柚蠶為殘缺姬獻身的那一刻，只要交換衣服就行了。

「說不定，她有雙重人格的事都是假的。」

因為殘缺姬沒有跟人相處過，就像個小孩子。

所以千柚蠶定時性的演出「小殘」，使得交換後的殘缺姬言行不至於暴露身分。

想必之後小殘再也不會轉換人格吧。

但大家也會擅自解釋成是因為打擊過大。

「千柚蠶的目的只有一個，那就是在大家心中灌入『千柚蠶誤殺了殘缺姬』這個事實。」

殺人是重罪，但也是再強烈不過的猛藥。

——殺了殘缺姬的是千柚蠶。

——殺了殘缺姬的是千柚蠶。

——殺了殘缺姬的是千柚蠶。

雖然換過了身分，但只要這個印象成立，大家就再也不會對她們的身分有所懷疑。

「透過殺了自己，她讓殘缺姬可以用她的身分活下去……」

——這世上最偉大的愛，有一說是「母愛」。

千柚蠶所做的事，跟陌雪一樣。

我的雙眼不禁流下淚水。

「這個事件，並不是全然只有惡意……」

無數的惡意孕育出了「殘缺姬詛咒」，讓蕪人慘死。

無數的惡意孕育了「殘缺姬傳說」，讓千柚蠶的死無人知曉。

但是，也是這樣的惡意——

孕育出了千柚蠶的母愛和眼前得以重見天日的殘缺姬。

「所以，拜託妳，陌羽。」

——**要是見到她，請你務必好好照顧她**。

「請不要讓這樣偉大的感情消失。」

這個案件還有救贖。

她並不像十年前的陌雪一般，已無可救藥。

我向陌羽深深地低下頭。

「…………」

聽到我的懇求後，陌羽陷入沉默。

過了許久後，她緩緩說道：

「事情我都明白了。」

陌羽輕點著頭。

「你之所以要我假裝『殺人模擬』的理由，我也知道了。」

「太好了。」

我不禁喜形於色。

「那麼，等到下車後，就照著我剛剛說的進行——」

「不行。」

陌羽斬釘截鐵地拒絕了我。

愣住的我還以為是我聽錯，但不管等待多久，陌羽都沒有修正她的說法。

「為何……」

因為過於激動，我感到頭暈目眩，身上的傷口也綻裂開來。

「為何啊，陌羽！」

「因為我沒有理由這麼做。」

「妳沒聽清楚我剛說的話嗎？」

我按住她的雙肩說道：

「這是千柚蠶的願望，我們必須幫助她守護殘缺姬。」

——要是見到她，請你務必好好照顧她。

原來那是她的遺言。

千柚蠶早就預料到了，最後見證一切真相的人是我。

「就算那是千柚蠶的願望，我們又為何要幫助她？」

「要是再這樣下去！一切都會化為烏有的！」

司馬封是個聰明的人，加上特殊命案科每個人都身懷絕技。

只要稍稍發現到任何不對，去調查一下指紋或是齒模，那真相就會被查出來。

「這是千柚蠶最後的託付。」

這是一個母親為了女兒得以生存下去的十年布局。

「我們一定要讓她完成。」

「就為了千柚蠶的計畫，你要我用刀刺你的胸口？」

「沒錯，就是這樣！」

我看著陌羽的雙眼，再認真不過的說道：

「反正妳都殺過我如此多次了，再多一次也沒關係。」

「…………」

「這次，我也一樣不會死的——」

——啪！

一陣清脆響亮的聲音從我臉頰上響起。

吃痛的我「砰」的一聲跌坐在地上。

「咦……咦？」

我摸著自己紅腫的臉頰，簡直不敢置信。

我剛剛，竟被陌羽打了一巴掌？

這是真的嗎？

那個幾乎面無表情、不顯露任何感情的陌羽，竟會如此激動的打人？

「之所以會進行『殺人模擬』，是為了解開真相。」

陌羽眼中含著些許淚水說道：

「我觀測各種殺人案，體會各個殺人者的心情，除了排解殺人衝動外，也是為了終有一天能找到解開陌家血緣詛咒的方式。」

「我知道，為何妳要……」

妳為何要在現在，提出這麼理所當然的事？

「我並不是自願選擇這樣的方式生存的，我沒有別條路可走。所以我扼殺自己的感情，假裝自己對一切毫不在意，但是、但是這不代表──」

兩行淚水從陌羽白淨無比的面頰流下。

「我對殺你這件事，一點感覺都沒有。」

看著這樣的陌羽，震驚的我完全說不出話來。

原來她會露出這樣的表情。

原來她會露出這麼悲傷的表情。

「若是為了自己，那也就罷了，但我不能為了無關的第三者，進行殺人模擬。」

「難道要什麼都不做，讓真正的真相被察覺嗎？」

若她一直被當作千柚蠶，那就只是被害人，就算殺了人，那也是正當防衛。

但若是被發現她是偽裝的，那殘缺姬馬上就會因殺人未遂被起訴。

「妳想讓一個母親的心意，全都白費嗎？」

「沒錯。」

「妳想讓千柚蠶這十年的努力付諸流水嗎？」

「沒錯。」

「妳想讓殘缺姬之後的人生，全都在監牢中度過嗎？」

「沒錯，不管最後蕪人、虹之天、亞地、千柚蠶和殘缺姬變得如何，那都跟我沒關係。」

陌羽站起身來，閉著眼睛大聲說道：

「與其為了守護她們而進行殺人模擬，我寧願選擇不將刀子刺進莫向陽的身體中，因為——

「她們全部加起來，都比不上一個莫向陽重要！」

「——————！」

過度的衝擊讓我感到一陣暈眩。

「我不想再感受殺害你的心痛了。」

陌羽走上前來，用柔軟的雙手包裹住我那斷掉的左手小指。

「我一定要找到能保護你的方法，一定要……」

幾滴淚水從陌羽眼中滑下，落到了我的傷口上。

溫暖的淚水治癒了我的傷痛，讓我的意識開始朦朧起來。

——向陽啊。

陌羽身旁的陌雪鬼魂，突然對我開了口。

——女兒是會長大的。

「陌……雪……」

我向那幾乎要消失的幻影伸出手。

——謝謝你對千柚蠶的事如此盡心，我知道那之中融合了你的私心。

——你想挽救這場悲劇，不讓它和十年前的我一樣。

——但是，你錯了，我是我，千柚蠶是千柚蠶，雖然同樣是母愛，但我們並不是同一個人。

——一樣的道理，陌羽就是陌羽。

——她不會照著你所想的路前行。

——你也永遠無法對她說謊的。

對我露出開心的笑容，陌雪對即將喪失意識的我說道。

——請你謹記，她再也不是任何人的替代品。

——她是陌羽，那個開始重視你——一個讓我無比驕傲的女兒。

終章之後

下山之後，鬆了一口氣的我馬上失去了意識。

腦震盪、失血過多、傷口化膿感染——我很快就被送進了加護病房。

「嗚……」

在病房的我感到全身彷彿被火燒過一般，左手和左腳的疼痛也像一把利刃似地刺進身體深處。

我咬著牙忍耐，不讓自己發出痛苦的呻吟。

不能讓陌羽看到我這副模樣——不能讓任何人發現我的心情。

為了待在殺人偵探旁，這是我一輩子必須遵守的規則。

眼前的視野不斷分裂又聚合。

或許是這幾天過於深入事件，也或許是傷口和殘缺姬的傳說貼合。

我混亂的腦袋中，突然浮現了殘缺姬傳說的血文。

首日奪手。

次日削足。
三獻其身。

總覺得……很奇怪。
是重傷後產生的錯覺？還是真的發現了不對勁？
這個事件，真的已經解決了嗎？

——我很期待你和陌羽在得知殘缺姬的真相後，會採取怎樣的舉動。

逐漸模糊的意識中，突然浮現了「盲」曾說過的話。
之所以說這句話，是因為這一切都是出自他手？
千柚蠶雖是實行者，但這麼驚人且精采的犯罪布局，僅憑她是不可能想出來的。
所以，她的背後，必定躲著掌握人類心態的「盲」。
那時在樹林，「盲」突然出現在我面前，其實不過是為了拖延時間和進一步誤導我而已？
也就是說——
他根本沒有失敗，一切都在他的掌握中。
「那麼，我們發現的真相……真的就是真正的真相嗎？」
就在我迷迷糊糊地念著這句話時，一陣冰涼的感覺突然從喉嚨灌了進來，鎮住了我的痛苦。

我緩緩睜開眼，結果在一片黑暗中，看到了一雙如火的雙眼。

「咯咯咯……你醒啦，莫向陽？」

化裝成司馬焰的「盲」，笑嘻嘻的坐在我的床前。

「……妳是怎麼進來加護病房的？」

「我可是特地來探望你的，對我這樣說話也太令人寒心了。」

「妳要是不在這邊，我的身體會更好。」

雖然不知道她給我喝了什麼，讓我好過了些，但我全身上下還是熱得如同烤爐般。

「別這麼冷漠啦，我可是特地來告訴你真相的喔。」

她雙手支在下巴處，微笑道：

「這可是『殘缺姬傳說』真正的故事結尾喔。」

「果然……」

這可是「盲」策劃的計策，我就知道沒有那麼簡單。

「我漏了什麼很重要的線索嗎？」

「你並沒有漏掉什麼，你已發現了所有真相，千柚蠶和殘缺姬確實互換身分了，死掉的是千柚蠶，至於活下去的則是殘缺姬。」

「那麼……為何這故事還沒結束？」

究竟「殘缺姬傳說」中還隱藏著什麼？

「你跟我最大的差別，在於你不夠洞悉人心，你並未真正了解千柚蠶的動機。」

「千柚蠶……真正的動機？」

「這十年來，她和女兒被學校軟禁，但是不覺得很奇怪嗎？她們的行動並沒受限，她應該有很多機會可以求援或是逃出去吧？但她為何沒這麼做？」

「因為即使逃出去了，她也無依無靠。」

「但現在又如何？殘缺姬雖然取代了她的身分，但不也孤身一人嗎？誰來照顧她？」

「…………」

我不禁語塞。

千柚蠶布了十年的局，讓殘缺姬取代她，但這並不會讓她的生活過得比較好。

「所以……千柚蠶真正想做的事，並不是『讓殘缺姬以她的身分活下去』？」

「是的，你說得對。」

心中隱隱不安。

我感到自己接近了真正的真相。

但是……那個真相，真的是我該知道的真相嗎？

「下一個問題，十年前的闕梅學院為了隱藏醜聞，差點殺了一個嬰兒，但為何這事沒被任何人知道？」

「闕梅學院的地點很偏遠，加上學院高層的政商力量很大，報導在出去前就被壓了下去，不被任何人所知曉……咦？」

說到此處，我的內心閃過了某種事物。

但這只有一瞬間，不管我再怎麼努力抓取，我都無法搞清楚那是什麼。

「你說得對，『千柚蠶無法保證消息一定會傳出去』，所以這十年來，她什麼都不能說，也什麼都不能做，不過，有一個辦法，可以讓十年前的事和現在這個案件被大肆報導吧？」

「那個辦法是什麼？」

「你應該比誰都還清楚，畢竟這幾天你一直都在接觸。」

「……………」

稍加思索後，我馬上就明白了那是什麼。

「沒錯，那就是『殘缺姬傳說』喔。」

「盲」咯咯笑道：

「只要依循傳說行事，那麼大家就會把它當作怪談來談論，只要是有關『殘缺姬傳說』的事，那就任誰都壓不下來吧？」

「所以、所以，千柚蠶真正的目的是——」

過於恐怖的真相，讓我全身冒出冷汗。

我雙手摀著臉，幾乎不敢相信這麼殘酷的事實。

但是，「盲」說得對。

這樣才合理。

若是真正為女兒好，就該在這十年中出逃或是求救。

之所以把殘缺姬留下十年，還營造了十年的「殘缺姬傳說」，這一切的一切都是為了——

「向闕梅學院復仇……」

「賓果，正確答案。」

「盲」彈了一下手指，但我無心理會她。

「為了確保十年前的案件能曝光，毀掉整間闕梅學院，千柚蠶實行了這次的案件，但僅僅只有斷手還不夠。」

因為——

「血文的內文……還沒結束。」

那麼接著，會發生什麼事呢？

首日奪手。
次日削足。
三獻其身。

「妳這傢伙！」

激動的我衝上前去，抓住了「盲」的衣服！

「妳這傢伙！竟然、竟然想得出這麼惡毒的計策！」

現在已經是半夜四點。

自從千柚蠶死掉後，已是第二日了。

所以——一切都已來不及了。

「這一切都是為了千柚蠶的復仇。」

完全沒有動搖的「盲」露出了愉快的笑容說道：

「活下去的殘缺姬想必現在已經切斷了自己的腳吧？接著服毒的她，會在第三天時死去。」

完全依循「殘缺姬的傳說」發展。

這樣，這起案件就必定會被大家所注目！

不管是怎樣的政商力量，都無法壓下來。

那麼，一定會有人發現她們的身分互換過，也一定會有人發現十年前的案件疑點。

富有故事性的怪談，必定能因此而廣為流傳！

這十年的布局，不是為了讓女兒活下去——

而是為了徹底毀掉闕梅學院啊！

「僅僅為了復仇，就犧牲了這麼多人，這麼多學生……」

「偉大的母愛，根本就是不存在的，當中有的唯有惡意——深深的惡意。」

「盲」露出了笑容說道：

「莫向陽，為了這樣的惡意，你失去了手指和腳趾，現在你的心情是如何呢？」

「妳、妳——」

我感到腦袋熱血上湧，差點要暈倒。

「盲」以陶醉的眼神看著我。

即使到了這個地步，她還是在觀察我——觀察我絕望的模樣。

要是這世界有惡魔，說不定就是指這樣的人。

我看著她纖細雪白的脖子，心中起了殺意。

「絕對不行……」

絕對不能讓這樣的存在靠近陌羽。

「必須由我來保護她，必須由我來——」

總是洞悉人心的「盲」想必也知道我現在想做什麼吧。

但是，她既不閃也沒逃，就像是很期待似的。

我突然想到了一事。

在她的計畫中，她總是會殺一人。

蕪人是自殺，千柚蠶表面上看起來是被殘缺姬所殺，但那是她自願的，某種程度上也算是自殺。

那麼，這次的計畫中，「盲」要殺的人是誰呢？

「原來如此……」

她這次要殺的人，是「盲」自己。

——然後動手殺她的人，就是我。

「瘋了……根本瘋了。」

這究竟是什麼瘋狂的計畫。

從頭到尾，只有人類的惡意，除此之外什麼都沒有。

看著「盲」的雙眼，我感到不管是心還是身體都開始融化。
我顫抖的手緩緩地朝她的脖子伸去。
這瞬間，所有聲音都消失了，彷彿這世間只剩下我們兩人。
就在我要下手的剎那間——
「等一下，『盲』。」
一道平靜的聲音突然從病房的門口響起。
「這次，是妳輸了。」
拿著紅底黑傘的脫俗身影出現在我們兩個面前，將所有絕望一掃而空。
「殺人偵探啊……」
「盲」露出有些掃興的表情說道：
「妳怎麼在這邊？」
「為了防止妳出現，我在莫向陽身上裝了竊聽器。」
「這樣過度保護，會被男人討厭喔。」
「不需要妳擔心。」
陌羽和「盲」互看彼此，一時間什麼話都沒說。
過了許久後，陌羽打破這股沉默。
「殘缺姬想要自斷雙腳時被我阻止了，然後藏在她牙齒內的毒藥也被我清除了。」
「……」
「妳的計畫失敗了，接著我會請司馬封嚴格看管，讓她再也無法實現『殘缺姬傳說』。」

「………………」

「盲」陷入了沉默，過了許久後，她沉著聲音說道：

「妳是怎麼發現真正的真相的？又是靠妳擅長的『殺人模擬』嗎？」

「不，我是靠分析。」

「分析？」

「是的，身為偵探，我只是做了我該做的事。」

聽到陌羽這麼說，「盲」露出了吃驚的神情。

這是當然的。

因為，這或許是陌羽第一次在她面前展現偵探的模樣。

「莫向陽，別被『盲』的話蠱惑了。」

陌羽一邊這麼說，一邊走到我的身旁。

「什麼意思……？」

「如果千柚蠶真的想復仇，完成『盲』給她的計畫，那她為何不將『斷手項鍊』掛在殘缺姬身上？為何要讓你察覺到她們身分交換了？」

「說不定……只是她忘記了？」

「精心布置了十年的計畫，怎麼可能會在此刻犯下如此低級的失誤？」

「那是為何呢？」

「因為她想讓你察覺不對勁——她希望有人阻止她的復仇。」

陌羽側了側黑傘，讓房間內的燈光照亮她美麗無比的側臉。

「於是在送你入院後，我再度上山，仔細察看千柚蠶屍體的斷手項鍊，結果發現她在項鍊後方刻下了兩個字。」

「哪兩個字？」

「『廁所』。」

「————！」

聽到陌羽這麼說，我馬上就想起了這兩個字所代表的意義。

我和她曾單獨去過廁所，所以，她必定在裡頭藏了「某種東西」。

「她可能以為這個線索會被莫向陽你看到吧？所幸我曾在廁所外和你獨處，所以很快就發現了這兩個字的意義。」

「千柚蠶在廁所中藏了什麼？」

「一隻小小的斷手，和這次事件的計畫書。」

——我將孩子的斷手帶走一隻，另一隻留在現場。

我腦中浮現出千柚蠶的話。

那隻小小的斷手，想必就是——

「是殘缺姬十年前的斷手，只要有了這個當籌碼，就不怕闕梅學院的高層威脅她的性命。」

陌羽輕拍我的肩膀。

「莫向陽，人類並非那麼無可救藥。」

——這世上最偉大的愛，有一說是「母愛」。

「她雖想復仇，但她同時希望你阻止這一切，讓她的女兒可以活下去。」

聽到陌羽這麼說，我的眼淚很快盈滿眼中，讓我什麼都看不清。

「雖然參雜了一些復仇的雜質，但千柚蠶最後還是選擇了讓殘缺姬以她的身分活下去。」

模糊的視野中，陌羽的身影彷彿在發光。

「你解開的真相是對的，而你也是對的，所以，請你為自己的所作所為自豪——」

陌羽向我露出了足以深深印在心中的微笑。

「因為你，殘缺姬有了新生的機會。」

這才是真正的真相。

是陌羽以偵探身分解開的美妙真相。

我再也無法忍耐自己的心情。

泣不成聲的我，只能不斷點頭。

「接著，來算算總帳吧，『盲』。」

陌羽抽出小刀，往「盲」走去。

雖然還未真正結束，但我放心地閉上雙眼，讓意識沉入黑暗中。

我相信不管有多少惡意，這個故事都會有好結局的。

所謂的「殘缺姬傳說」，並不是什麼詛咒。

因為它讓陌羽揭開了這一切，然後此時站到我的面前保護我。

這是個美麗的傳說——就像個童話故事般美好。

❖ ❖ ❖

「在我們比對指紋後，確定了活下來的千柚蠶其實是她的女兒——殘缺姬。」

「嗯。」

昏倒後的我，發了好多天的高燒。

我在鬼門關前走了一圈，好不容易才回來。

等到我恢復意識後，已經是事件結束後的第十天了。

照慣例，司馬封跑到「歿」來探望我。

「聽到我說出真相，你似乎沒有很驚訝。」

可能是顧慮我的身體吧，總是菸不離身的司馬封並沒有抽菸。

「怎麼會呢。」

我淡淡地說道：

「我只是大病初癒，沒什麼精神而已。」

「是這樣嗎？」

「就是這樣，對了……」

我看著自己斷掉的小指說道：

「千柚蠶的女兒之後會怎樣呢？」

「她的成長環境特殊，心智年齡也尚未成熟，加上只有十歲，就算被判刑，應該也不會太重吧。不過特殊命案科決定暫時隱瞞真相，把她當作千柚蠶看待。」

「為何？」

「因為若是公告真相，說不定會引來闕梅學院高層的注意，使得千柚蠶的女兒受到生命威脅。」

司馬封反射性地想掏菸，但手伸到一半就克制地停了下來。

「總之，等到搜集到足夠的證據，可以一次打垮闕梅學院高層後，才會公布她的身分，真的對她判刑吧。」

「嗯……很感謝你們如此萬全的處理。」

聽說在我昏倒後，陌羽也積極地跟特殊命案科討論後續處理，所以，最後在安置殘缺姬方面，才有了這麼完美的處置。

千柚蠶死前的託付，我們總算是沒有辜負。

「可惜這次還是沒抓到『盲』。」

「這也是沒辦法的事。」

在我昏倒後，陌羽和「盲」華麗地打了一架，展開了足以記載史冊的傳說對決。

不過最後滑溜的「盲」還是逃跑了，沒被我們抓到。

「之後還有機會碰到『盲』的，至少這次……」

我對司馬封露出微笑說道：

「至少這次她的計策，我沒有那麼討厭。」

「不過看你似乎有些消沉。」

司馬封望向我的左手說道：

「是因為這次喪失了部分肢體嗎？」

「雖然這也是一部分原因……但並不是主要因素。」

——她們全部加起來，都比不上一個莫向陽重要！

從那天起，陌羽所說的話就在我腦中不斷迴響。

這十年來，我們兩人之間始終有著一段不小的距離。

但是陌羽的話，說明了她努力想改變這樣的關係。

一直以來停滯的時間突然開始流動，坦白說我有點不知該如何是好。

所以這些天來，我有意地避開陌羽。

「對了，司馬封，我想問你一件事。」

我轉換話題。

「嗯？」

「為什麼司馬焰這麼恨你呢？」

「…………」

可能是沒想到我會問這個吧，他皺了皺眉。

「若是不方便的話，不說也沒關係。」

「其實也不是不能說的事，你若是問司馬焰，她也會馬上全盤托出。」

「畢竟她是個守不住祕密的傢伙嘛……」

「其實，這之中並沒有什麼錯綜複雜的劇情，她恨我是完全應該的事。」

司馬封平淡地說道：

「我追捕的犯人因為我的一時疏忽逃跑了，接著他跑到我家，將我的家人全都殺了，司馬焰運氣好，於是逃過一劫。」

——他殺了我們的父母，就連我都差點死在他手下。

「難怪小焰會這麼說啊……」

「自從那個意外發生後，我就再也沒見過司馬焰了，她過得還好嗎？」

「嗯？她不是在闕梅學院等你嗎？」

「她確實堅決地表示，要等我到了之後才做筆錄和偵訊，所以我請過去偵訊的人跟她說：『只要乖乖配合我們的作業，妳哥哥就會出現』。」

「結果呢？」

「結果我當然是爽約啦。」

「……………」

「還是老樣子，是個好騙的傢伙。」

「……這根本就是渣男的行事作風嘛。」

跟女孩子約好，然後放痴心等待的她一個鴿子。

「這叫大人的圓滑處世。」

司馬封一臉不耐地揮手說道：

「你仔細想想看我和她碰面會怎樣？馬上被她捅一刀都是有可能的。」

「沒錯，她倒是真的很有可能做出這種事。」

我連連點頭。

「總之，我這輩子大概都不會跟她見面了。」

「說不定就是一直見不到面，小焰對你的恨才越滾越大，扭曲成現在這副不可收拾的模樣喔。」

「或許真是如此吧……」

司馬封看著窗外，緩緩說道：

「不過，也不怕被你笑話，我其實挺怕見到她的。」

對現在的我來說，很能體會司馬封的心情。

因為，我也有點害怕看到現在的陌羽。

「莫大哥～～出來玩～～」

突然，門外傳來了司馬焰的大喊！

「………………」

我和司馬封面面相覷，我還是第一次看到如此面無血色的司馬封。

「我妹妹為何會跑過來啊！」

「我怎麼會知道！」

「莫大哥，因為想來探望你所以我就來了！你在嗎？還是在睡覺？」

「你看吧！根本就是你妹妹自己的問題！」

「現在該怎麼辦？」

「快躲起來！衣櫃……不，床底下？」

「為什麼我非得做出像偷情的人一樣的舉動啊！」

「你以為我願意被你這麼形容嗎？」

「莫大哥，我進去囉！」

也不待我答應，司馬焰「砰」的一聲打開了門。

「喔、嗯、喔喔，妳來了啊，小焰。」

冷汗直流的我，以高亢的聲音向司馬焰打了聲招呼。

「莫大哥我來了喔！還帶了自己烤的餅乾，不過火力太大烤得一片焦黑，但是別擔心，還有親手煮的粥，不過火力太大煮得一片焦黑。」

這不都是一片焦黑嗎？妳就不能把火關小點嗎？

「你不覺得看到火點起來，就會興奮得想要把它轉到最大嗎？」

「不，我從沒這麼想過……」

「莫大哥你身體還好嗎？」

「嗯，總算是恢復了些……」

「真的沒事嗎？怎麼感覺你的床單腫了一大塊？是不是身體有哪裡不對勁？」

「……真是可疑。」

聽到司馬焰這麼說，我床單下的腫塊動了一下。

「沒、沒有可疑啊！我怎麼可能在床單下多藏一個人呢，啊哈哈。」

「嗯……」

司馬焰瞇起雙眼，開始四處察看。

「嗅嗅……沒有其他女人的味道，但是有其他男人的味道……」

妳是狗嗎？這樣就嗅出來了？

「等一下，這個令人厭惡的氛圍——」

司馬焰興奮地說道：

「是哥哥的味道！」

趁這個時機，我趕緊指著窗戶大喊：

「小焰，妳哥哥剛剛才來過！快點追過去！」

「什麼！真的嗎？」

司馬焰毫不猶豫地從窗戶往外縱身一躍！

——喀！

因為是三樓，她的腳輕微骨裂，送進了醫院。

這傢伙真的是完全沒有煞車這種東西……

不過也多虧如此，藏在我床單下的司馬封才沒被發現。

只是，我們兩個都因為這事留下了不少心理創傷。

我們握手相約，要把同床共眠這事當作祕密，直到進墳墓的那天到來。

❖　❖　❖

再過幾天，陌羽的專屬女僕——愛莉莎就要回「歿」了。

本來我就不擅長應付她，現在和陌羽之間的氣氛又有些微妙，這讓我更加煩惱。

而這樣的苦惱，在某天晚上達到了最高點。

某一天深夜，感受到什麼的我緩緩睜開眼。

「我想起來了，莫向陽。」

映著月光的陌羽坐在我的床前，緩緩說道：

「我想起十年前的事了。」

「…………」

終究，「盲」的企圖還是成功了嗎？

「十年前，進入『狀態』的陌雪拿著刀向我走了過來，想要將我殺了。」

「嗯……」

「接著，你跑到我和陌雪之間，想要阻止這一切，但是聽不進任何話的陌雪想要將你也殺了。」

十年前的一幕幕從我面前閃過，讓我幾乎要喘不過氣來。

「為了保護我，你提起刀來將陌雪殺了，是這樣嗎？」

我看著陌羽那純淨的雙眼。

她的那雙眼沒有責備、也沒有怨恨。

──有的只不過是感謝。

對此，我感到無比難受。

我沒有回答她的問題。

隔天，趁著所有人不注意，我收拾行李，悄悄離開了「歿」。

十年來，我第一次──從陌羽的身邊逃離了。

後記

「大家好，我是小鹿。」

「大家好，我是如火如荼、電光石火、烽火燎原，雖此身被火焰所焚燒，但仍不屈不撓，堅持以自己道路前行的司馬焰。」

「……這彷彿英雄戰隊的登場臺詞是怎麼回事？」

「人生在世，總是要對抗各式各樣的邪惡，以我來說的話就是哥哥、哥哥和哥哥。」

「聽起來妳要打倒的邪惡只有一個。」

「開什麼玩笑！哥哥可是有很多個的，有二十歲的哥哥、二十一歲的哥哥、二十二歲的哥哥——」

「這聽起來還是只有一個啊！」

「咦……所以我只能砍死他一次嗎？」

「妳在驚訝什麼？原來妳想砍死他很多次嗎？」

「我一直以為哥哥是取之不盡，用之不竭的……」

「別把他當成某種劃時代的永續能源好嗎？」

「不過說回原本的英雄話題，若真成為英雄，我應該是火屬性的吧？」

「應該說妳不可能是其他屬性了。」

「必殺技……應該是『汽油彈』。」

「這必殺技毫無奇幻要素可言。」

「我一直夢想成為英雄後，可以倒汽油在不爽的人身上然後點火。」

「聽起來比較像是反派英雄的作戰方式。」

「若小鹿是英雄，應該是皮草屬性的吧？」

「皮草屬性是什麼！」

「讓圍上皮草的人可以感受到溫暖，是了不起的治癒型能力。」

「……這是不是以我死掉為前提所發動的能力？」

「死亡並不可怕，可怕的是活著不能變成皮草。」

「聽起來就是妳希望我死掉！」

「小鹿的必殺技……毫無疑問的是『脫皮』。」

「鹿不會脫皮！」

「但是會拖稿。」

「嗯、喔……」

「而且這對編輯來說，應該也是了不起的必殺技。」

「過獎了，身為作者，殺幾個編輯也是分所當為──」

「嘿！」

「妳在做什麼啊啊啊啊啊啊！為何突然拿刀砍過來！」

「嗯？我在鏟除邪惡啊。」

「我怎麼可能是邪惡！我只是為了大家的快樂，努力思考要怎麼用最殘忍可怕的方式，把可愛的女孩子殺掉並展示而已。」

「果然就是邪惡嘛，嘿。」

「就說不要突然揮刀砍過來了！妳的行動可以不要每次都這麼激烈嗎！」

「不過不少讀者反應這集很可怕和毛骨悚然。」

「這一定不是我的錯，是讀者太膽小的問題。」

「嗯嗯，檢討被害者，真的很棒。」

「不過下一集的推理故事會稍微溫馨一些，請各位不要擔心。」

「溫馨？例如『冰箱布丁失蹤事件』嗎？」

「不，這也太兒科了……」

「那是『冰箱布丁分屍事件』嗎？」

「不是加了分屍就會變得嚴重！哪一塊布丁進到嘴裡不是被分屍？妳說說看啊！」

「也就是說……我們在吃布丁時，就是把它的屍體一塊塊嚼碎……」

「妳這樣到底要我以後怎麼吃布丁！」

「家裡的布丁命喪誰口？為何在不是密室的冰箱中不翼而飛？究竟是爸爸、媽媽還是妹妹殘忍地將布丁吃下肚，藉此隱藏自己的變態罪行呢……請期待年底的推理要在殺人後三。」

「我下集沒有要寫布丁推理劇！不要造謠！」

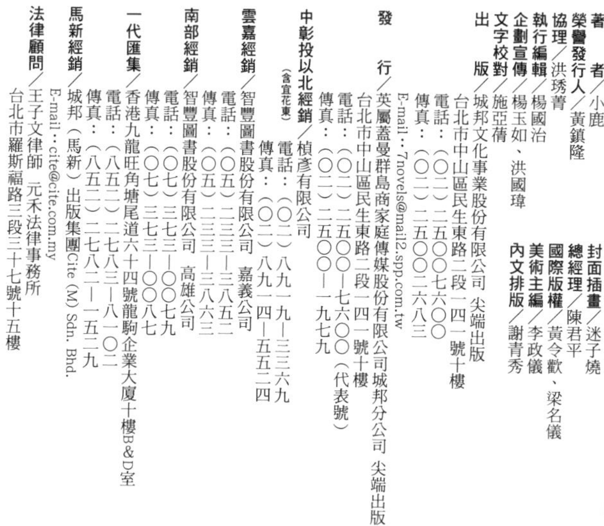
原創浮文字

推理要在殺人後2

著　者／小鹿
榮譽發行人／黃鎮隆
協理／洪琇菁
執行編輯／楊國治
企劃宣傳／楊玉如、洪國瑋
文字校對／施亞蒨
封面插畫／迷子燒
總經理／陳君平
國際版權／黃令歡、梁名儀
美術主編／李政儀
內文排版／謝青秀
出　版／城邦文化事業股份有限公司　尖端出版
台北市中山區民生東路二段一四一號十樓
電話：（〇二）二五〇〇七六〇〇
傳真：（〇二）二五〇〇二六八三
E-mail：7novels@mail2.spp.com.tw
發　行／英屬蓋曼群島商家庭傳媒股份有限公司城邦分公司　尖端出版
台北市中山區民生東路二段一四一號十樓
電話：（〇二）二五〇〇—七六〇〇（代表號）
傳真：（〇二）二五〇〇—一九七九
中彰投以北經銷（含宜花東）／楨彥有限公司
電話：（〇二）八九一九—三三六九
傳真：（〇二）八九一四—五五二四
雲嘉經銷／智豐圖書股份有限公司　嘉義公司
電話：（〇五）二三三—三八五二
傳真：（〇五）二三三—三八六三
南部經銷／智豐圖書股份有限公司　高雄公司
電話：（〇七）三七三—〇〇七九
傳真：（〇七）三七三—〇〇八七
一代匯集／香港九龍旺角塘尾道六十四號龍駒企業大廈十樓B&D室
電話：（八五二）二七八三—八一〇二
傳真：（八五二）二七八二—一五二九
馬新經銷／城邦（馬新）出版集團Cite (M) Sdn. Bhd.
E-mail：cite@cite.com.my
法律顧問／王子文律師　元禾法律事務所
台北市羅斯福路三段三十七號十五樓
二〇一八年八月一版一刷
二〇二二年一月一版二刷

■中文版■

郵購注意事項：
1.填妥劃撥單資料：帳號：50003021戶名：英屬蓋曼群島商家庭傳媒(股)公司城邦分公司。2.通信欄內註明訂購書名與冊數。3.劃撥金額低於500元，請加附掛號郵資50元。如劃撥日起 10～14日，仍未收到書時，請洽劃撥組。劃撥專線TEL：(03)312-4212 ・ FAX：(03)322-4621。E-mail：marketing@spp.com.tw

國家圖書館出版品預行編目資料

推理要在殺人後 / 小鹿、迷子燒 作.
--初版. --臺北市：尖端出版,
2018.8- 冊；公分
ISBN 978-957-10-7761-1(第1冊：平裝)
ISBN 978-957-10-8180-9(第2冊：平裝)

857.7　　　107007177